U0135829

〈序〉
童書朝聖之旅

文／劉鳳芯

　　二〇〇三年八月，我赴英國劍橋參加一兒童文學活動，順道停留倫敦，當然把握機會造訪附近兒童文學景點，於是同佳慧與惠琮一起前往市郊羅‧達爾的故居參觀。印象中，那天的行程頗為周折：一早先搭地鐵、再轉乘火車，因為手邊資訊不夠，所以火車坐過了站，只好中途在某個不知名小鎮換車，就是在月台等候之際，佳慧提及撰寫此書的構想。事後回想，當時手中若有一本《掉進兔子洞》，我們的達爾故居朝聖行也不致落得如此灰頭土臉。那天後來的情況是：我們總算去至目的地，不過到時方知必須事前預約才能入內參觀。大老遠跑一趟，我們哪肯輕易離去，於是想方設法透過樹叢縫隙和枝頭高處眺望，哪怕是窺見一窗一隅都好，不過吾人此等行徑對大師實在有失尊敬，不久便遭白眼，最後只好憾然而歸。現在佳慧寫出了此書，下回再造訪，就能名正言順進入大師故居頂禮膜拜了。

　　佳慧的《掉進兔子洞：英倫童書地圖》，寫的是英國經典童書，但也連帶提及許多相關童書的景點資訊，可以視為童書朝聖之旅指南。這幾年，隨著兒童文學與傳媒的

密切結合及高度商品化，童書的聲勢在國內也水漲船高，影響所及，創造出一群狂熱愛戀兒童文學份子，這群信眾各唸各的維尼經，各持各的愛麗絲咒，供奉膜拜的經書與偶像或不同於他教，但執著嚮往所致，動念啓程朝聖經典

兒童文學作家的故居與作品原鄉之舉，可絲毫不遜其他。朝聖兒童文學經典勝地／聖地，除了是向心儀作家／作品示意與致意的具體表白，眼見為憑的真實，也可聊慰讀者在閱讀兒文作品與研究作家生平之外依舊欲求不滿的焦慮；至於身臨其境的精神浸染，則更有一種貼近原典的極樂與滿足。以往朝聖兒童文學勝地，得多方蒐集資料，或仰賴外語資訊，不易整理頭緒，但現在透過《掉進兔子洞》，既捧讀臥遊以達到心靈朝聖之效，更方便旅行規劃，實踐經典童書之旅。

除此之外，閱讀《掉進兔子洞》還可以追索童年的追憶。佳慧書中所列舉的作品多集中在成書於十九世紀後半至二十世紀二戰結束之間的英國童書，實非偶然，因為許多經典作品大多成就此時，乃英語系兒童文學的黃金階段。此時期的兒文作品整體而言受浪漫主義的童年觀影響、外加現代化工業革命與兩次大戰的衝擊，對童年的刻畫描摹趨向純真浪漫，喚起許多成人對已逝青春年歲的懷舊與想像，因此博得眾多成人

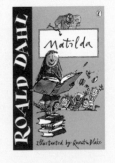

讀者青睞，也是得以傳世久遠之因。此外，書中所舉許
多作家，都兼跨成人與兒童文學兩域，他們的作品，既
是為兒童而寫，一半也是越過兒童肩頭，說給成人讀者
聽，而實則是作者內心那個再也壓抑不住的兒童自我
(child self)的發聲與抒情。而這些作品聲名遠播，恐怕也還
是許多本地讀者童年記憶的一部份，是以透過《掉進兔
子洞》重溫這些經典兒童文學作品，既是追憶自己的童
年、也是構織延伸對童年的想像，更是追索創作者內心
童稚元素的足跡。

　　而對於那些不熱衷朝聖、無意追索童年，但對於蒐
集眼下所能得見的彼得兔文具或維尼熊商品不遺餘力的
收藏癖者來說，《掉進兔子洞》提供了寶藏所在地的資
訊，因此若要體現發揮收藏行家的功力，還應循著書中
所提供的門道，探進英倫瞧個究竟，而非僅在日本街頭
的商店尋覓。

　　閱讀《掉進兔子洞：英倫童書地圖》，是為了一場朝
聖之旅、是童年的追憶、也是收藏者的溯源地圖。

　　　　　　　　　　（本文作者為中興大學外文系助理教授）

英倫童書地圖

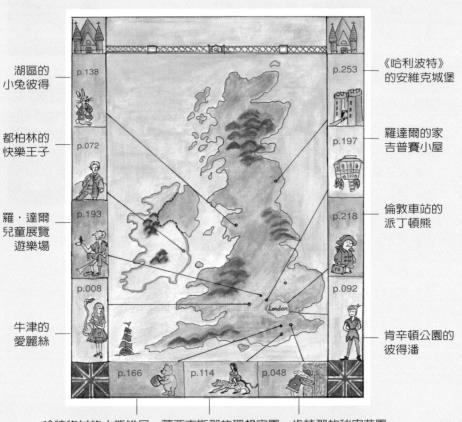

湖區的
小兔彼得　p.138

都柏林的
快樂王子　p.072

羅‧達爾
兒童展覽　p.193
遊樂場

牛津的　p.008
愛麗絲

《哈利波特》
的安維克城堡　p.253

羅達爾的家
吉普賽小屋　p.197

倫敦車站的
派丁頓熊　p.218

肯辛頓公園的
彼得潘　p.092

London

哈特牧村的小熊維尼　p.166　　薩西克斯郡的理想家園　p.114　　肯特郡的秘密花園　p.048

目錄 Contents

Lewis Carroll

牛津的愛麗絲

路易斯·卡羅
（Lewis Carroll，1832-1898）

「哎呀！」愛麗絲自己想說，
「我這麼一摔，以後從樓梯上滾下來，算什麼呢！
家裡的人一定會說我很勇敢！
哼，就算從屋頂上掉下來，我也不會吭一聲的。」
掉啊！掉啊！掉啊！這一跤怎麼摔不完呢！

——路易斯·卡羅《愛麗絲夢遊仙境》

*牛津大學巴德里圖書館（Bodleian Library）

掉進兔子洞

　　天才濛濛亮，已經有客人上門來，派丁頓車站只好一臉不甘願地醒來。我打好往牛津的票，在小店點了咖啡、司康（Scone），還沒能坐下享用就讓火車長喊上車了。車子啟動後，我把派丁頓熊最愛的橘子果醬包打開，塗上司康，做起

了白日夢：「派丁頓應該找過愛麗絲的，也許他已經參加過那場瘋狂茶會了？也許派丁頓那頂貝蕾帽就是帽匠給的……」想著想著，車子突然停了，一抹白影子晃過窗邊，又聽見：「糟了糟了，遲到了！」我這才回神，抓了背包起身往車門跑，就在車門快要關上的剎那，我往月台上一跳。這麼一跳，沒完沒了，掉進一個深洞裡了……。

位在倫敦近郊的牛津，數百年來，都以最高等學府聞名，哪個英國皇家貴族的學子不想辦法往這黃金巨石打造的學城鑽。不過，才女珍‧奧斯汀（Jane Austen）就偏偏不買牛津的帳。她第一次到訪牛津，就被一座座霸氣的石怪給壓得喘不過氣，「牛津，那個陰鬱的城市！我逃離後還足足花了兩天的時間才讓胸口舒服。」

牛津的愛麗絲

＊薛爾登劇院（Sheldonian Theatre）

她氣呼呼說著，還發誓
再也不踏進那十足陽剛
味的地方。還好，我晚
奧斯汀兩百年才出生，
這期間有一個愛聽故事
的小妮子，在清一色的
石頭城上添了幾筆色
彩，讓牛津鮮活亮麗起
來。

＊牛津因為愛麗絲的加入而夢幻起來。

＊基督教堂學院

　　《愛麗絲夢遊仙境》的作家查爾斯・道吉森（Charles Dodgson，路易斯・卡羅的真名）跟愛麗絲・萊朵（Alice Liddell）一家淵源匪淺，道吉森在愛麗絲父親擔任院長的基督教堂學院教書，同時又擔任愛麗絲的家教老師。萊朵一家人就住在基督教堂學院裡，孩子們常在圖書館後邊的花園編花圈、嬉戲，孩子天真的笑聲與身影，常常弄得在圖書館裡做研究的道吉森心不在焉。道吉森也因此常丟下書本，帶著萊朵家的三個女孩在學院附近的植物園、鹿園、湖邊野餐、遊逛。這些孩子總是圍著博學的道吉森，嚷道：「說故事給我們聽吧！」

＊基督教堂學院的入口處，其大樓名
　為草原大樓，是因為大樓對面就是
　萊朵父女經常騎馬漫步的大草原。

＊基督教堂學院的圖書館，圖書館後面是個庭院，那裡就是萊朵家經常玩耍的地方，轉進
　圖書館的通道上，有個日晷，也出現在《鏡中奇緣》一書中。

＊基督教堂學院的告示牌上的愛麗絲。

＊圖書館的後院裡有棵大栗子樹，道吉森在館內工作時，常看到愛麗絲的貓咪黛娜趴在館外的樹枝上。黛娜後來變成《愛麗絲夢遊仙境》裡那隻「會隱身還會咧嘴而笑」的柴郡貓。

牛津的愛麗絲

金黃色的午後

1862年，一個金黃燦爛的午後，道吉森跟他的朋友道格華斯，還有萊朵家的三個女孩又偕伴出遊。愛麗絲在跳上小船之後立刻嚷著：

「道吉森先生，說故事給我們聽吧！」愛麗絲的兩個姊妹也高聲附和。

「難道我們不等到野餐時再開始嗎？」道吉森答道。

「不要！」孩子齊聲說：「現在就開始！」

「那可不要太興奮，」道格華斯說：「要不然，愛麗絲是沒辦法掌好船舵的！」

「我會好好掌舵的！」愛麗絲趕緊拿穩舵，以免讓船在原地畫圈圈。

「那如果故事現在就開始，等一下野餐講什麼好呢？」道吉森說。

「那講一個很長的故事啊！」愛麗絲的姊姊羅利娜說。

「對，一個可以一路講回家的故事。」愛麗絲的妹妹愛狄思說。

「才沒有故事那麼長的！」道格華斯想為道吉森解圍。

「當然有啊！」愛麗絲說：「要不然你以為故事書裝的是什麼？喔，但是千萬別講書裡已經有了的故事喔！」

暖人的午後，河面波光閃爍，所有的聲音都打盹去了，道吉森望著藍天沉默了幾分鐘，大家都屏息，等著道吉森開口。

「很久很久以前……」道吉森說話了。

「你每次都這麼說。」愛麗絲說。

「所有的好故事都是這樣開始的啊，」道吉森又開始一次，「很久很久以前，有個名叫愛麗絲的小女孩……」愛麗絲瞪大了眼睛，其他人也是。

正因為那天道吉森把故事中的小女英雄命名為愛麗絲，在故事說完後，愛麗絲便強烈要求道吉森把故事寫下來給她。道吉森也依照承諾，隔天便幾乎一字不漏地把即興之作謄下。那個傳奇性的下午，就是道吉森在《愛麗絲夢遊仙境》開頭的序詩寫的「一個金黃色的午後」。

永遠七歲

道吉森覺得孩子就是「滿心喜歡故事、滿眼閃著驚奇、滿嘴的胡言亂語」的小東西，實在討人喜愛。道吉森跟萊朵家的孩子有一段深交，但是這種忘年之誼在孩子長大後也漸漸冷淡下來。一方面，萊朵夫婦覺得逐漸成熟的女孩不應該整天跟成年的道吉森混在一塊兒；一方面，道吉森對失去童味的年輕女孩子也不熱中，他覺得當孩子變成優雅的女士之後，就索然無味了。金黃色的下午三年後的一個五月天，道吉森在街上遇見愛麗絲，那天他在日記裡寫下：「愛麗絲似乎改變相當多，卻一點也不是往好的變──大概是彆扭的青春期作祟吧！」雖然道吉森對愛麗絲的成長有些埋怨，但他給愛麗絲的允諾並沒有失效，這期間他重新整理故事，並找資料親自為故事畫插圖，終於在那年聖誕節之前親手交到愛麗絲手上，這本名為《愛麗絲地下探險》（*Alice's Adventures*

Under Ground）就是《愛麗絲夢遊仙境》的前身。

　　道吉森戀童的性向，幾次被提出來質疑，但他自己倒不避諱把這種個人觀感放進作品裡。在《愛麗絲夢遊仙境》出版六年後的續作《鏡中奇緣》裡，蛋頭小子Humpty Dumpty就說：「如果你問我的意見，『那麼停在七歲上，不要再長大了。』但現在已經太晚了！」在愛麗絲告別童年之後，道吉森的忘年小友仍持續不斷，他繼續跟他同事的孩子建立友好的關係，幫他們拍照、帶他們遊樂、唸詩歌故事給他們聽、並和他們通信。在孩子的信裡，道吉森過人的創意俯拾皆是。例如，他會寫有如《鏡中奇緣》裡出現的Jabberwocky一般的「鏡中詩」給小朋友，讓收信者得對著鏡子才能讀出正確的字詞。或者他會寫一首迴旋詩，收信者得不斷地轉信封才能念出句子。或者寫文圖並茂的圖文信，讓人邊讀邊猜。如果沒在形式上搞怪，道吉森信手拈來也是妙趣橫生。一封他寫給同為十九世紀傑出文人（兼童書作家）的喬治・麥克唐納（George MacDonald）的女兒瑪莉的信，是這樣寫的：

＊圖文信饒負猜謎趣味，「親愛的」（dear）以同音的「鹿」（deer）取代。

我親愛的孩子：

　　這一陣子天氣酷熱得簡直讓我握不住筆，即便我有一點力氣握住筆桿，家裡也沒墨水了。墨水都蒸發成了烏雲，結果呢，烏雲在房間裡飄來飄去，把房間裡的牆壁跟天花板都染黑了，到頭來都分不清楚烏雲在哪兒了。不過，今天因為天氣涼爽一點，有些黑烏雲已經回到墨水瓶裡了，很快的，我要再次提筆寫信給你和整理那些你母親要的相片了。

你摯切的朋友　查爾斯‧道吉森

喬治‧麥克唐納（George MacDonald，1824-1905）

　　生於英國蘇格蘭，除了是學者、作家，和虔誠的基督教佈道者外，也為兒童寫了多本故事書，例如《公主與柯迪》、《輕輕公主》、《北風的背後》等，是英國奇幻文學的先驅。二十世紀奇幻文學的蓬勃時期，包括《魔戒》作者托爾金與《納里亞魔法王國》的C. S. 路易斯都是受到麥克唐納的啟發。

⊕ 維多利亞的兒童影像

　　道吉森喜愛為小孩攝影，他獨特取景並呈現孩子各項姿態與神韻，使得他也以兒童攝影聞名。由於他偏好女孩，偶爾也為她們拍攝裸體照片，加上又終身未娶，對他不利的流言因此盛囂。不過，為他護名的也大有人在。因為道吉森家中女孩多，年幼時就在女人堆裡長

大，玩的遊戲多是女孩子的靜態遊戲，像是故事、謎語、猜字遊戲等等。再者，道吉森是虔誠的基督教徒，他對孩子的詮釋就如聖經裡所描繪的，也期盼自己能回歸如孩子般的純潔。

裸體畫在西方藝術史上淵遠流長，維多利亞時代，更有許多藝術家以兒童作為裸體創作的主體，一些藝術家甚至以道吉森的兒童攝影為創作靈感，臨摹他的攝影作品，上圖即是畫家安‧莉蒂亞‧龐德

（Anne Lydia Bond）直接在道吉森為一名叫畢翠絲（Beatrix Hatch）的小女孩拍攝的照片上二次創作的作品。

　　左圖是美國著名畫家約翰‧辛格‧沙軍（John Singer Sargent）於1885年完成的〈康乃馨，百合，玫瑰〉，沙軍用燈籠的「光明」與百合花的「純潔」來比喻兒童。

《愛麗絲地下探險》輾轉回到了英國

　　愛麗絲在她七十三歲喪偶後，開始變賣一些家產，包括在1928年她也出售道吉森親自製作的手工書《愛麗絲地下探險》。這本書在倫敦的蘇富比以1萬5千4百英磅賣給一位美國的骨董書商羅森巴哈（Rosenbach）。愛麗絲八十歲時，受邀前往美國去慶祝道吉森的百歲誕辰活動，當年購得《愛麗絲地下探險》的羅森巴哈邀請愛麗絲到家中作客，那時羅森巴哈早已用十倍的價錢把書轉售給一位富商。該名富商當晚也一同受邀餐會，《愛麗絲地下探險》被他裝在一個極為堅固、防水防火的金屬盒裡。這本手工書幾番轉手都以驚人的高價售出，最後在1948年由美國一個社團購得，轉給美國圖書館協會，協會的代表路特・依凡（Luther Evans）搭乘伊利沙白女王號，將此書帶回它的故鄉送給英國的人民，以感謝英國在二次世界大戰對美國的鼎力相助。所以，我們現在才能在大英圖書館裡看到這本原稿書。

＊《愛麗絲地下探險》（Chrysalis，2003）最後一頁，卡羅在結尾的地方，畫上愛麗絲的真人畫像。

現今流傳的版本則是1864年，道吉森跟插畫家丹尼爾合作的作品。雖然世人多以丹尼爾版本為《愛麗絲夢遊仙境》的宗師，但得知這段歷史的書迷，為了看道吉森的原創心血，會老遠走訪倫敦大英圖書館的展覽室看道吉森自寫自畫的真跡。這本書後來在大英圖書館與蝶蛹出版社的合作之下於1985年正式出版。

⊕羅森巴哈博物館&圖書館

羅森巴哈兩兄弟都是美國傳奇的骨董書、藝術品收藏家，博物館於1954年的美國費城成立，以保存兩兄弟的珍藏作品。雖然《愛麗絲地下探險》成為美國回贈母國的大禮，但羅森巴哈博物館&圖書館，仍收藏道吉森六百餘封書信、攝影作品，以及藏有許多丹尼爾為《愛麗絲夢遊仙境》與《鏡中奇緣》畫的原畫。其中也包括那張安・莉蒂亞・龐德在道吉森為畢翠絲拍的裸照上作畫的作品。

羅森巴哈博物館&圖書館另一項為人注目的是，它收藏了美國著名圖畫書作繪者莫理斯・桑達克（Maurice Sendak）逾一萬張的原畫，因為數量之大，館內闢有桑達克專門的展覽館。

⊕牛津博物館（Museum of Oxford）

牛津博物館在牛津郵政總局對面，館內有個愛麗絲主題的展覽室，展出愛麗絲跟道吉森的一些私人物品，例如衣服、懷錶、手札，以及一些年代久遠的周邊商品如撲克牌、收藏盒等。

＊牛津博物館愛麗絲展覽室

牛津的愛麗絲

故事藏玄機

　　卡羅悄悄地將現實裡的朋友變形為書中的動物角色，例如拿著懷錶急急忙忙跑來跑去的白兔子就是愛麗絲的父親亨利・萊朵化身來的。這些人可都是有頭有臉的上流人物，還好這等頑皮沒給卡羅惹來麻煩，因為他也給自己幽了一默，把自己變形成樣子滑稽又會口吃的「多多鳥」。道吉森曾經帶萊朵的家孩子到大學博物館，那裡藏有瀕臨絕種的多多鳥標本，他們就是在那裡認識多多鳥的。道吉森雖然可以和孩子流暢地交談說故事，但是面對成人的社交活動卻很不自在，往往在介紹自己時會有口吃的毛病，說成「我是道、道、道吉森」（I am Do- Do- Dodgson），和多多鳥（Do Do）的名字發音一樣，所以請多多鳥來扮演道吉森，再適合也不過了。

*丹尼爾在畫多多鳥時，故意保留兩隻人的手，右手上還留有一截學者袖，暗喻那是道吉森。

植物園

　　回到19世紀後期，當時擔任院長的萊朵先生雖然被校務與研究工作纏身，卻不忘帶孩子接觸自然。他時常跟愛麗絲騎著馬在學院旁的大草原上漫步，教愛麗

＊牛津大學植物園的大門。

絲認識草木鳥獸的名字，這讓愛麗絲對自然有份特別親近的
情感。植物園位在基督教堂學院的後方，隸屬於牛津大學，
道吉森常帶萊朵家的孩子去那裡溜達或野餐。植物園裡有件
趣事，是道吉森帶孩子認識源生於中國的銀杏樹時，愛麗絲
難過地問：「難道他連個親戚都沒有了嗎？」道吉森解釋其
他的銀杏家族都在冰河時期絶跡了，只有一些在氣候比較暖
的南方的銀杏活下來，由於銀杏是雌雄異株的單性樹種，當
道吉森指著園裡唯一的一棵銀杏說它是雄株時，愛麗絲說：
「喔！可憐的銀杏，沒家人，沒太太。我要把我帽子上的藍
絲帶送給你！」愛麗絲真的立刻解下帽帶，為銀杏繫上。

＊園裡充滿道吉森為孩子們說故事的身影，植物園側門出去的奇爾維河（River Cherwell）與莫德林橋（Magdalen Bridge），是牛津人撐篙的地方。

愛麗絲小店

　　《鏡中奇緣》裡，愛麗絲在變幻莫測的鏡像世界中探險，其中一景是她來到老綿羊開的雜貨店，因為商店裡的東西會漂，只要盯著它們瞧，它們就會溜掉，愛麗絲為了跟緊它們被耍得團團轉，還被老綿羊說了一句：「你到底是小孩呢？還是陀螺呀？」這家充滿稀奇古

怪的小店就位在基督教堂學院斜對面，從18世紀以來就是一家雜貨小店。在道吉森時代，是由一位有著羊叫聲的老太太經營的，愛麗絲為了買零嘴常到店裡光顧，老太太因此被道吉森稍微換個樣子收入故事裡。現在這裡是一家由日本人經營的愛麗絲專賣店。

鏡中奇緣

　　個性有些孤僻的道吉森，盡可能和書迷保持距離，甚至有點不近人情，他從不替索取簽名照的書迷滿足願望，且會寫上「查無此人」退了所有收件人為筆名「路易斯‧卡羅」的信。《愛麗絲夢遊仙境》一書的成功雖然帶給道吉森成名之累，但愛麗絲依舊是續作《鏡中奇緣》裡的最佳女主角。在「鏡」中，道吉森再度依樣畫葫蘆，以「作夢」為進入第二世界的途徑，並且加重「胡話詩」（nonsense，或譯為「無厘頭詩」）的份量。正因為愛麗絲進入反向的鏡像世界（如果你右手拿著蘋果照鏡子，鏡子裡反映出來的卻是左手拿著

蘋果的你），那裡的邏輯全都跟鏡子外的世界不一樣，這一特點讓胡話詩的無厘頭更能發揮。

此外，道吉森在「鏡」一書極盡戲擬（parody）之能，把一些著名的詩歌都收攬入鏡，像是第二章的〈活生生的花園〉裡，就是來自於但尼生的一首詩〈磨德〉，但尼生筆下的紅玫瑰與白玫瑰變成了棋子王國的紅皇后跟白皇后。而「鏡」第四章〈特老大跟特老二〉裡的兩人名字Tweedledum和 Tweedledee，也是取自英國詩人拜隆（John Byrom，1691-1763）一首諷刺音樂家韓德爾與他的死對頭的詩作。Tweedle是琴音，dum與dee則取其聲音的高低，意指兩雄之爭也不過是半斤八兩。

其他戲擬的還包括古詩與神話等，「鏡」的詩文份量多，看似詩意盎然，卻是更加神秘難解。若不知道前因後果，難免讓人讀來丈二金剛，例如書中一首詩是他為了戲謔詩人渥茲華斯〈決心與自主〉的長詩而寫的。原詩講一個人在一夜狂風驟雨後，清晨到林間散步享受大地洗塵後的清新，他遇見一位老人凝視著泥濘的池塘，一動也不動彷彿槁木死灰般，年輕人因此問起老人以什麼為生。這首詩講的就是這麼一段短暫的交會，渥茲華斯卻用了七節一百四十行近一千三百字。於是，道吉森在第八章裡的詩〈坐在門檻上的人〉便這樣開頭：「我要盡我所能告訴你一切，但能講的實在有限。」故事接著敘述的也是一個年輕人遇到一個老人，問他怎麼討生活，但老人卻回答得像潺潺小溪一樣無止盡又不得要領，惹得年輕人不耐煩。這詩在故事裡原本是騎士用

來安慰愛麗絲的詩歌，愛麗絲一聽到騎士說要念詩，立刻先問道：「這首歌很長嗎？」，可見，大詩人渥茲華斯煞費苦心的哲理詩，道吉森頗不以為然。

⊕渥茲華斯（William Wordsworth，1770-1850）

出生於英國湖區的渥茲華斯，可說是英國第一大詩人，他在離家就讀劍橋大學後，曾經旅居法國一段時間，但在1799年時決定回到湖區落腳。湖區靜謐深遠的景色提供渥茲華斯最佳的靈感沃土，他以湖區許多地名為題作的詩，英國人皆朗朗上口，他也成為英國國家公園的最佳代言人。湖區國家公園與渥茲華斯基金會對渥茲華斯的相關遺產維護有加，前往湖區可以找到渥茲華斯三個時期住過的房子，皆供人參觀。基金會在白鴿小屋的旁邊又興建一間大型的渥茲華斯博物館。

如果三月來到英國，隨處都可見到一簇簇在風中翩舞的黃水仙，住在湖區的渥茲華斯尤其愛為鑲在湖岸旁的野生水仙作詩。

> 我獨自漫遊，像一朵浮雲
> 高高地，飄在溪谷丘陵上，
> 忽然間，我看見一群，
> 一群金黃的水仙，
> 在湖邊，在樹下，
> 在微風裡，飛舞翩翩。

＊白鴿小屋（Dove House，上圖）是渥茲華斯結婚初期居住的小房子，在孩子漸長之後，由於空間過於狹小而搬往萊朵山莊（Rydal Mount，下圖），在湖區安伯塞（Ambleside）與葛雷斯密爾（Grasmere）之間，是渥茲華斯最喜愛的房子，有偌大的花園跟極佳的視野，屋子正前方是溫德米爾湖（Windermere Lake）。

牛津的愛麗絲

真的愛麗絲

　　雖然愛麗絲長大後，沒有像《小熊維尼》裡的羅賓一樣，對自己成了龐大書迷追蹤的箭靶感到不耐，而對加害的作者發出怒吼。但愛麗絲對於這種叨擾，也不是一語不發。媒體從沒忘記要在愛麗絲身上挖新聞，包括愛麗絲長大後一

段沒有結果的戀情，她和父親的學生一見鍾情，這位學生是維多利亞女王的四兒子李歐普王子（Leopold）。李歐普身體孱弱，罹患當時皇族常見的血友病，李歐普在造訪萊朵一家時，和愛麗絲產生了情愫。遺憾的是，男主角的母親不允許一位不是公主的女孩嫁入皇室，而讓這段感情告終。愛麗絲失戀已經夠苦了，她最摯愛的妹妹愛狄思又因腹膜炎去世，讓她陷入人生低潮。直到多年後，她嫁給另一名基督教堂學院的學生（他們在倫敦的西敏寺舉行盛大的婚禮），愛麗絲的生命才漸有轉機。他們育有三子，其中兩個兒子在第一次世界大戰中先後喪生。愛麗絲的一生都活在眾人的注目下，她曾經在1932年道吉森的百年誕辰活動受邀訪美時，坦承她的確幾度希望自己不是那個「真的愛麗絲」。

　　至於道吉森跟愛麗絲之間的後續發展，道吉森曾經有意跟萊朵夫婦提親，要娶當時還是少女的愛麗絲為妻，但遭到萊朵夫婦的阻攔。這段求婚軼事也被愛麗絲的孫女瑪莉（Mary Jean St. Clair）在新出版的《愛麗絲地下探險》的序言裡提到。終歸，道吉森跟愛麗絲這份忘年之交沒能在愛麗絲長大後繼續維持，道吉森甚至沒有在愛麗絲婚禮的來賓名單裡。愛麗絲在婚後育子時，雖曾邀請道吉森擔任小孩的教父，卻被道吉森婉拒。愛麗絲在先生去世後把道吉森親手製作、舉世獨一無二的《愛麗絲地下探險》出售，也令世人錯愕不解。只能說，這一對故事書的最佳創作拍檔，在道吉森對成年人的冷感與愛麗絲受到世界過份關注等複雜的情結中，給沖淡了。

別忘了丹尼爾

　　有關道吉森跟愛麗絲的趣事太多，大家因此忘了這位畫出愛麗絲模樣的插畫家。畢業於英國皇家藝術學院的約翰・丹尼爾（John Tenniel），受過嚴謹的藝術訓練。道吉森的友人看到道吉森開始寫下故事時，就積極促成出版事宜。1863年，丹尼爾在英國著名的雜誌《笨趣》（Punch）擔任漫畫師，他被引薦擔任《愛麗絲夢遊仙境》的插畫家。但這一段合作並不是很順暢，因為道吉森藝術涵養高，始終強勢主導插畫工作。像是怎麼描繪多多鳥的樣子，道吉森都會嚴格要求丹尼爾親自到博物館考察一番。合作一趟下來，丹尼爾畫得挺是委屈，有了前車之鑑，丹尼爾狠狠拒絕道吉森希望他再次為「鏡」作畫的邀請。沒想到，道吉森的固執個性也不遑多讓，硬是讓丹尼爾點了頭再次合作。

　　道吉森的戲擬功夫了得，在兩本書中都大展身手。但丹尼爾也有兩下子，他在《愛麗絲夢遊仙境》中也戲擬了16世紀法蘭德斯畫家昆丁・馬賽斯（Quentin Massys）的作品

※左圖：馬賽斯的作品〈古怪的老婦人〉。右圖：丹尼爾的插畫。

牛津的愛麗絲

〈古怪的老婦人〉（The Grotesque Old Woman，1513），將她挪做第六章〈小豬與胡椒〉中，既醜又愛說「由此可見」來教訓人的公爵夫人。馬賽斯的原畫就在倫敦的國家藝廊展出，這幅畫以別名〈難看的公爵夫人〉（The Ugly Duchess）著稱，就是因為《愛麗絲夢遊仙境》一書而來的。

⊕倫敦國家藝廊（National Gallery）

　　位在特拉法加廣場旁的國家藝廊，是倫敦觀光的必覽之地。這裡也是當今一些熱門圖畫書創作者靈感的來源之一，拿英國當紅的安東尼‧布朗（Anthony Browne）來說，他近幾年的作品《威利的畫》、《作夢的威利》、《形狀遊戲》中，也大量使用戲擬技法，把一些古典名作放到故事裡去，其中許多作品都在國家藝廊裡展出。像是《威利的畫》裡的〈阿爾諾芬尼

夫婦的婚禮〉（The Arnolfini Marriage，Jan Van Eyck，1434）跟〈達芬妮與阿波羅〉（Daphne and Apollo，1470）等。

而在《作夢的威利》一書中，安東尼‧布朗再次把《愛麗絲夢遊仙境》的下午茶場景搬到威利的夢境裡，〈古怪的老婦人〉也再次出現，其他人物包括柴郡貓、蛋頭小子、皇后、帽匠等也幾乎全員到齊。

＊〈阿爾諾芬尼夫婦的婚禮〉原畫。

＊左圖：《威利的畫》中，安東尼‧布朗模仿《阿爾諾芬尼夫婦的婚禮》的插畫。
　右圖：《作夢的威利》中，安東尼‧布朗將《愛麗絲夢遊仙境》一書的角色都畫進茶會。

挑戰丹尼爾

　　丹尼爾將愛麗絲畫得逼真，又不失童趣，使得他的插畫版本歷久不衰。直接受他影響、繼續沿襲相同路線的插畫家，包括愛德華・高利（Edward Gorey）和以法蘭克・鮑姆(Frank L. Baum)的《歐茲王國》系列聞名的插畫家約翰・尼爾（John R. Neill）。不過，一百多年來，想要挑戰丹尼爾，為《愛麗絲夢遊仙境》做新插畫的後輩也多不勝數。在真正的愛麗絲去世的1934年，她身邊留下的來自世界各地贈與的不同版本，就超過兩百五十種。當今，不少著名插畫家前仆後繼要為愛麗絲塑造新風格，例如1907年亞瑟・拉克漢（Arthur Rackham）古典風、1986年拉・史德曼（Ralph Steadman）的漫畫風、1988年安東尼・布朗的超現實風格、1999年莉絲白・茨威格（Lisbeth Zwerger）的淡雅都會風、海倫・奧森貝里（Helen Oxenbury）的現代鄉村派，2003年伊森・吉斯里（Iassen Ghiuselev）的寫實派，跟羅伯・沙布達（Robert Sabuda）的精緻立體書等等。在英國，沒有一個故事受到這麼多人的青睞，讓大家一讀再讀，也一畫再畫。

＊海倫・奧森貝里的插畫版本。（經典傳訊出版）

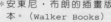

＊安東尼‧布朗的插畫版本。（Walker Books）

＊亞瑟‧拉克漢的插畫版本。（Seastar Books）

＊伊森‧吉斯里的插畫版本。（Simply Read Book）

＊羅伯‧沙布達的插畫版本。（Little Simon）

＊莉絲白‧茨威格的插畫版本。（North-South Books）

牛津的愛麗絲

對時代精神的叛逆

　　道吉森雖然是個虔誠的基督教徒，卻處在傳統天主教與新教交替的衝突年代，一板一眼的父親無法認同道吉森溫和的宗教觀，喜歡在藝術、文學、戲劇裡探索人生哲理。《愛

麗絲夢遊仙境》能在1865年那個年代受到熱烈的迴響，一個很重要的原因，是道吉森發揮了他在宗教上叛逆的精神，拒絕讓它成為另一本傳教的兒童讀物。

在故事中開頭就出現的，那個綁著「喝我」標籤的瓶子，正好跟一般為防止孩子誤食而刻意在瓶子貼上「不可內服」的經驗恰恰相反。而愛麗絲也沒有被道吉森塑造成一個盲從的孩子，她還先檢查看看上面有沒有寫著毒藥兩個字。這個有「喝我」標籤的瓶子，加上後面出現的，有著葡萄乾排出「吃我」兩字的蛋糕，實在不難讓人聯想到《聖經》，因為「喝我、吃我」正是聖經裡兩個非常重要的神聖意象，也就是耶穌要他的子民吃餅如吃祂的肉，飲葡萄汁如飲祂的血，以示人們吃的是天上降下來的糧（馬太福音第26章）。保守的教徒肯定難容道吉森如此的比擬，會說他嘲弄上帝或是褻瀆聖經。其實，道吉森只不過拒絕把講故事跟傳達宗教訊息劃上等號。道吉森曾經說：「難道你認為上帝只想看到跪地的身影，只想聽到祈禱的聲音？難道祂會不樂意看到羊兒們在陽光下跳躍，聽到孩子們在乾草堆上打滾時，歡欣喜樂的聲音嗎？」

可見，要孩子盡情享受閱讀的喜樂，得把故事說得新鮮有味，而不是把故事寫成像禮拜堂裡反覆單調的讚頌，或是寫得像是以「不要」為開頭的教養規則。這種反骨的黑色幽默，似乎是道吉森與生俱來的，他在十三歲就改編教會要孩子唱的詩歌，寫了一首〈我的精靈〉來消遣「不可以」的道德規範。

我身邊有個小精靈，

他告訴我不可以睡覺。

當我不舒服大哭時，

他會說：「不可以哭哭啼啼。」

如果，我因為滿懷高興咧嘴而笑，

他會說「不可以笑。」

當我想喝點飲料，

他會說：「不可以一口喝乾。」

當我看到想吃的食物時，

他會說：「不可以吃。」

當我置身一場爭執時，

他會說：「不可以打架。」

「那我可以做什麼？」最後我哭了。

受不了這些指示。

精靈淡淡地回答：

「不可以問。」

道德寓意：「不可以」（You mustn't）

這首他年幼寫的詩豈不是把這兩本書中「對時代精神的叛逆」做了一個最好的註解，同時也說明了，為什麼它們能如此成功、影響深遠。

⊕牛津其他重要的童書作家

　　幾個世紀以來，牛津、劍橋在學術上互相較勁，連城市地景也分陰柔陽剛，在觀光旅遊上互別苗頭。不過，要光論兒童文學的話，劍橋可要甘拜下風了。牛津自愛麗絲的創造者道吉森以來，幾個重量級作家如《魔戒》的托爾金、《納尼亞魔法王國》的路易斯，以及當今叱吒風雲的《黑暗元素》的菲利普・普爾曼等，不僅都是執教牛津的學者，也是風靡全球的作家。牛津，已經成為英國童書的重要產地。

＊位在植物園對面的莫德林學院（Magdalen College）。王爾德於1874年進入該學院就讀。路易斯也於1925年進入莫德林學院成為文學與語言教師，任教長達29年。

王爾德（Oscar Wilde， 1854~1900）

　　王爾德在都柏林的三一學院拿到學位後，又拿到莫德林學院的獎學金，於是又跨海到牛津來求學。在牛津的三年時光，成為王爾德自稱他生命中兩個重要轉捩點之一（另一個是入獄）。王爾德在莫德林師承羅斯金（John Ruskin），美學藝術觀深受羅斯金的影響。

路易斯（C. S. Lewis，1898~1963）

　　路易斯畢業於牛津大學的奇伯學院（Keble College），後來在莫德林學院執教。他在牛津認識另一個英國奇幻大師托爾金，兩人情誼頗深。因為托爾金的影響，路易斯從一名無神論者變成基督徒，而且積極為基督教傳道。他的《納尼亞魔法王國》，也是英國奇幻文學的經典之一。（見257頁）

＊《納尼亞魔法王國》（大田，2002）的第一本是出版於1950年的《獅子‧女巫‧魔衣櫥》，插畫家寶琳‧貝恩（Pauline Baynes）的畫風受讀者喜愛，也擔任《魔戒》1970年代版的插畫工作。

托爾金（J. R. R. Tolkien，1892~1973）

　　托爾金的巨作《魔戒》是在牛津完成，如果無法到近郊的海丁頓（Headington）小鎮去找他昔日住過的住處（沙地路 [Sandfield Road] 76號），或

＊《魔戒》（聯經，2001）

是沃夫寇特墓園（Wolvercote Cemetery）去悼念一番的話，找找在牛津城裡的莫頓學院（Merton College）也可尋到《魔戒》一些足跡！托爾金自小命運乖蹇，他的求學過程足以成為貧困孩子的勵志故事。他四歲時，父親病逝。他和媽媽、弟弟在英國從此開始顛沛流離的生活，十二歲時母親又病逝。因為母親信奉天主教，導致親戚拒絕接濟他和弟弟，兩兄弟搬家無數次，中間也數次輟學。第一次考牛津大學落榜，托爾金曾經覺得他的人生黯淡無光。還好第二年考上入學獎學金，成為艾克斯特學院（Exeter College）英國古典學的學生，後來又轉系去念英國語言文學，這時托爾金才確定他要以學術為一生志業，戰後托爾金劫後餘生，雖然輾轉到了里茲大學任教一段時間，但最後還是如願回到他向來視以為家鄉的牛津，在莫頓學院教書，奠定了日後他創作《魔戒》的根基。

＊莫頓學院，就在基督教堂學院旁邊。有個學生回憶起當年托爾金教書的情景，學生拿托爾金跟《愛麗絲夢遊仙境》的帽匠比擬，認為托爾金簡直就像瘋狂的帽匠一樣，說話會突然脫離主題。因為，托爾金上課說著說著，常因為岔題而開始說起精靈妖怪的故事，滔滔不絕。

＊托爾金跟路易斯兩個同是牛津
當時一個藝文團體「淡墨會」
（Inklings）的成員，這些
文人雅士常在一間名為「老鷹
和小孩」（The Eagle and
Child）的酒吧聚會，當地人
稱它「小鳥和寶寶」。這間位
在聖吉爾街（St. Giles）
49號的酒吧也成為牛津觀光
景點之一。

肯尼司‧葛雷罕（Kenneth Grahame，1859~1932）

　　《柳林風聲》的作者葛雷罕生於
愛丁堡，但因為年幼失親，所以依親
到英格蘭就學，中學在牛津的聖愛德
華學校就讀，雖然葛雷罕一心想要進
入牛津大學，卻被身為監護人的叔叔
阻撓，而隨他到紐約工作。《柳林風
聲》充滿烏托邦式的理想，反應了他
童年在不幸中的渴望。1908年出版的

＊中文版的《柳林風聲》
（國語日報，2000）

牛津的愛麗絲

《柳林風聲》，其插畫也是由謝培德（E. H. Shepard）擔綱，也就是《小熊維尼》的插畫家（見170頁）。《小熊維尼》的作者米恩相當喜歡《柳林風聲》這部作品，在1929年時，米恩還將葛雷罕的故事改編成戲劇演出，名為《癩蝦蟆與癩蝦蟆屋》（Toad of Toad Hall），這齣戲一直到現在都還在英國各地方的劇院演出給孩子看，格雷罕死後葬在牛津的聖十字教堂（St. Cross Church）的墓園裡。

⊕布雷克威爾書店（BlackWell Bookstore）

布雷克威爾書店，已經有126年歷史，是英國老牌大書店。在牛津Broad Street上的布雷克威爾，是全省第一家，發展至今已成全國連鎖的規模，但牛津這一家仍是讓人稱道最「大」的書店。所謂的大，是空間的大。不談一條街上幾個專業分支的藝術館、音樂館等。光是深入本店內部，其寬廣且層層疊疊

＊布雷克威爾書店。

的空間結構，會讓人
直呼「根本就像一座
圖書館」。布雷克威
爾以文學「散步之旅」
為名，定期推出牛津
特產作家或是作品主
題散步之旅，童書作
家也占一大類。

＊離布雷克威爾書店不遠處，新興的連鎖書店水石堂
（Waterstone）也不甘示弱，以透明敞亮的櫥窗吸
引讀者目光。整個櫥窗都以童書為主題，推出買三本
算兩本價錢的特價方案。

＊牛津地圖

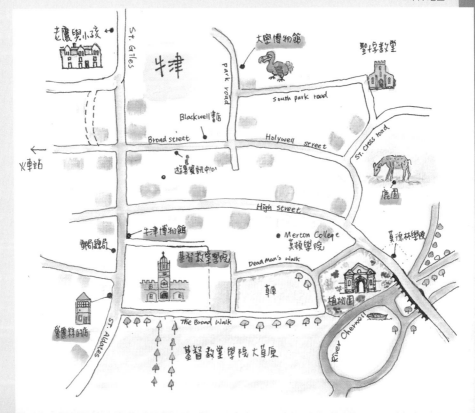

基督教堂學院

- Christ Church. Oxford OX1 1 DP
- 01865 286573
- http://www.chch.ox.ac.uk
- 除了聖誕節之外，全年開放。星期一到六早上九點半到下午五點半，星期天只開放下午時段。

愛麗絲小店（Alice's Shop）

- 83 St. Aldates, Oxford OX1 1RA
- 01865 723793
- http://www.sheepshop.com

牛津大學植物園

- The University of Oxford Botanic Garden, Rose Lane, Oxford OX1 4AZ
- 01865 286690
- http://www.botanic-garden.ox.ac.uk
- 開放時間為早上九點到下午四點到六點不等，依時節更動。

布雷克威爾書店 (BlackWell Bookstore)

- 48-51 Broad Street, Oxford, OX1 3BQ
- 01865 792792
- 開店時間為星期一早上九點到六點，星期天十一點到五點。

牛津大學自然歷史博物館

🏰 The Oxford University Museum of Natural History, Parks Road, Oxford, Ox1 3PW

☎ 01865 272950

🌐 http://www.oum.ox.ac.uk/

📋 開放時間為中午十二點到下午五點，聖誕節與復活節休館。

牛津博物館

🏰 Museum of Oxford St. Aldates, Oxford, OX1 1DZ

☎ 01865 252761

🌐 www.oxford.gov.uk/museum

📋 開放時間為星期一休館，星期二到五為早上十點到下午四點，星期六下午到五點，星期日中午十二點到下午四點。

倫敦國家藝廊

🏰 The National Gallery , Trafalgar Square, London, WC2N 5DN，臨近地鐵站為Leicester Square 和Charing Cross

☎ 020 7747 2885   🌐 http://www.nationalgallery.org.uk/

📋 開放時間為每天早上十點到下午六點，星期三到晚上九點。一月一日與聖誕節前後三天休館。

倫敦大英圖書館

🏰 The British Library, St Pancras, 96 Euston Road, London, NW1 2DB ，鄰近地鐵站為Euston Square和King's Cross

☎ 020 7412 7332   🌐 http://www.bl.uk/index.shtml

📋 開放時間為星期一到星期六的早上九點半至下午五點到八點不等，星期日為早上十一點到下午五點。

牛津的愛麗絲

圖片引用：圖1 引自安東尼・布朗《威利的畫》(台灣麥克) 第15頁。
　　　　　圖2 引自安東尼・布朗*Willy the Dreamer* (Walker Books) 第10頁。

Frances Hodgson Burnett

肯特郡的秘密花園

F. H. 柏娜
（Frances Hodgson Burnett，1849-1924）

她已經走進了這個奇妙的花園，
她可以在任何時候，
穿過常春藤底下的門來到這裡，
她覺得好像找到一個屬於自己的世界

——F. H. 柏娜《秘密花園》

柏娜與圍牆花園

　　每個人的童年應該都有過秘密基地。從心理學觀點來解釋，是因為兒童需要一塊沒有成人支配的世界，好暫時逃離兒童和成人之間絕對的階級關係。所以兒童把基地搞得秘密，是因為不讓大人的權威入侵，並不是絕對的獨佔，孩子之間仍可以互相分享。有個作家把兒童的秘密基地跟花園結合起來，而且那花園還是一個被鎖起來的荒廢花園，「秘密

的」與「神秘的」都碰在一塊兒了，故事怎會不吸引人呢！而且聽說真有個被封鎖的花園存在才啓發作者寫那個故事，又怎麼不讓人趨之若鶩探訪那個秘密花園呢！

　　法蘭西絲‧霍森‧柏娜（Frances Hodgson Burnett）一生創作四十多本小說，其中以《秘密花園》最為有名，成為經典。書中那個秘密花園位在英國東北部的約克郡，如果按書索驥往北走那就錯了，真正的秘密花園是在英國東南方肯特郡的克蘭布魯克（Cranbrook）。這真花園並不是個掛著招牌的觀光地，而且還藏在交通不易到達的鄉野中，似乎仍保有些許神秘原味。據悉，得先找到梅森大廈（Great Maytham

＊大廈入口門廊相當小巧簡樸，大廈前庭鋪滿小碎石，並無點綴。

Hall），才能找到花園。還好，肯特郡舒爽宜人的夏天，讓這趟尋秘之旅有陽光和鳥語，雖神秘猶愉快。車子最後順著梅森巷滑進一個雅致的入口鐘樓後，眼前看到的是外觀單調的大廈，除了兩旁的樹叢之外，沒有花草園子的影子。不過，已習慣了英式「好戲在後頭」的建築庭園設計，自然有耐性多了，看著大廈簡約小巧的入口門廊，期待的是它後面一個個開人眼界的世界！

　　要講到作家柏娜與真花園，以及《秘密花園》裡瑪莉與花園的兩份情緣，還得先說說其他故事才能知其緣由。首先，先從真花園這頭開始。這花園是屬於梅森大廈的，所以又得從大廈說起。傳說梅森大廈早在撒克遜時期就存在，這個名字出現在官方資料是始於1721年，由皇家海軍的詹姆斯·莫尼潘尼（James Monypenny）上校所建。莫尼潘尼的八代子孫都在那裡看著梅森廳繁榮增建，據說他們靠著走私貿易取財，直到1893年時，一場大火吞噬了這棟房子，主人搬走後，留下廢墟。要到1898年，梅森廳才又重建。1909年，這棟房子與周邊產地被田年伯爵（Rt Hon H. J. Tennant）買下，他請名建築師愛德溫·魯提安爵士（Sir Edwin Lutyens，也就是設計國家藝廊前特拉法加廣場〔Trafalgar Square〕上噴水池的建築師）設計建造，將梅森大廈做了大規模的增建，成為今天看到梅森大廈的樣子。1961年，大廈被英國的鄉村房屋協會買下，房子被改建成公寓格局，出租給退休的名流人士。在這裡賃居的人可以免費享用一天三餐，大廈也提供幾個場地供人舉辦婚禮宴會，包括那個「秘

密花園」。基本上大廈還有客人居住，它也不是個人紀念地或公開展覽所，只是因為其特殊歷史、名建築師與一些名人旅居過此地的關係，大廈提供門票與導覽的服務，讓約定的訪客參觀。

＊梅森大廈旁的車房，早期主要供馬車停放。

＊從大廈的大廳窗外望出去的草原。

＊走出大廈後門，就是後花園，毗連著一片草地。

＊從草地遠方看過去的梅森大樓其實才是大樓的正面，秘密花園在左側。

　　《秘密花園》的作者柏娜，與梅森大廈的緣分，就在
1893年梅森大廈重建之後開始的八年，她住到租約到期才依
依不捨地離開那裡。不過要剝開柏娜與花園的奇緣，還得從
柏娜那頭再談起。柏娜於1849年的英國曼徹斯特出生，有五
個兄弟姊妹，她排行老三。父親經營一家室內裝潢公司有
方，讓家中的經濟狀況優渥。但當柏娜四歲時，父親去世，
母親雖然接掌事業，但受景氣影響，收益大不如前。1865
年，柏娜十六歲時，他們一家決定移民美國田納西州尋找契
機。有感家中需要更多補貼，柏娜嘗試教書、養鵝，寫故事
投稿。十九歲時，她的故事開始定期在一些雜誌上發表。
1873年她嫁給一位美國醫生後育有一子。1880年起，她寫作
穩定，陸續出版小說。其中以1886年出版的兒童故事《小公
爵方特洛伊》（*Little Lord Fauntleroy*）最為成功，受到英美兩
地歡迎。但這期間她的健康不斷出問題，身心俱疲的柏娜開
始接觸一些靈修等自然療法。

　　1889年她與丈夫協議離婚後回到英國，想找一處清幽但
也不用太過費心整理家園的地方休養，剛整修重建好的梅森
大廈相當適合。1890年她的兒子因病去世，一連串的不順與
困頓將柏娜逼近人生谷底，柏娜更加浸淫在自然與花草中養
生療傷。柏娜寫作腳步雖放慢但仍持續，而這段期間的休養
累積了她創作的能量，也使她的創作於後來達到高峰。1905
年出版的《小公主》（*The Little Princess*）與1911年出版的
《秘密花園》都成為她膾炙人口的作品。柏娜一生出版的多
部小說，包括給成人看的和兒童看的，但讓她的名聲傳遍世

＊一九九三年華納發行的《秘密花園》電影海報。

＊由葛雷罕・魯斯特（Graham Rust）繪製的《小公爵方特洛伊》與《小公主》。
（David R.Godine,1993）

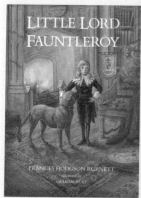

界的仍是這些童書。《秘密花園》多次改編成戲劇電影，日本也相當喜歡她的作品，將《小公爵方特洛伊》與《小公主》製作成卡通。（名為《小公子》與《莎拉公主》）間接的，台灣的觀眾也因此相當熟悉這些卡通。只不過，鮮少人知道這些卡通的作者就是創作《秘密花園》的柏娜。

柏娜一生寫了不少浪漫之作，但她自己的人生在情感上卻不是很順遂，包括兩次離婚與她的兒子因病去逝等挫折，都使她長時間尋求各種心靈治療，像是宗教、靈修、親近自

然等方法,這也形成了她後期一些作品的特性。柏娜剛回英國的那段低潮期,她住進剛重建開放的梅森大廈,其大廈周邊建設並不完善,柏娜在一次偶然的散步間便發現大廈旁邊的林間有幾個牆園,其中最大的那個牆外爬滿藤蔓,周圍也雜草叢生。柏娜對牆內的天地感到興趣,卻找不到入口。她盡量挨近牆邊,尋找任何像是入口的痕跡。終於在樹叢深處找到一處被藤蔓掩住的小門,柏娜進入後發現了一處被人遺忘的玫瑰花園,這一奇妙經驗立刻點燃《秘密花園》靈感的火炬。柏娜相當著迷於這個被人遺忘已久的

＊1911年美國出版的《秘密花園》首刷精裝書由Maria Kirk繪製插畫,內頁還有三頁彩色插圖。(Stokes,1911)

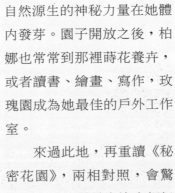

圍牆玫瑰園,她感受到那股自然源生的神秘力量在她體內發芽。園子開放之後,柏娜也常常到那裡蒔花養卉,或者讀書、繪畫、寫作,玫瑰園成為她最佳的戶外工作室。

來過此地,再重讀《秘密花園》,兩相對照,會驚覺故事裡的場景有許多相似之處,克雷文的密塞威特莊園就像是梅森大廈,大廈旁也有幾處彼此相連的牆園,分別有果園、菜園、花圃等。而故事裡瑪莉極力尋找入口的情景,也道出柏娜當初尋找進入牆園之密徑的情景。將小說放回到這一段特殊時空中,才知道《秘密花園》實在是一個人時地缺一不可的機緣之作。

＊現在的花園圍牆外已經整理得十分井然，幾處入口也經過修整，但斑駁的磚牆透露出數百年的歷史痕跡。

＊花園之間有小通道互通，在秘密花園後面的是栽種花苗的溫室花園。

＊當時柏娜發現的入口在牆園的後方，雖然入口已經封起來了，但牆外牆內都依稀留下當時圓拱入口的痕跡。左邊為圍牆外，右邊圍牆內。

＊目前花園的四周已植上花草，中間有一個玫瑰花架，兩旁有大片草地供婚禮派對使用。

兒童與花園

　　英文中，幼稚園 "kindergarten"，是德國人福祿貝爾（Friedrich Froebel）的創字，來自德文中「兒童」與「花園」兩字的結合，「兒童花園」是1826年左右福祿貝爾關於兒童教育的重要論點之一，這直接促成當代「幼稚園教育」的發展。福祿貝爾認為我們給幼苗跟幼獸空間與時間成長，是因為我們瞭解牠們與生俱來的自然生長法則，既然自然裡蘊藏無盡的智慧法，那麼為什麼人們經過花園草地時，卻沒能傾聽這無聲的教導。他說兒童不僅跟植物一樣需要時間與空間，他們也像初生的小花，會變化而且需要照顧，不同種類的花草需要不同照顧，猶如每一個獨立個體的孩子需要不同關照。

　　福祿貝爾這一學說在西方世界引起的迴響不僅反應在教育上，也在文學裡。以《金銀島》一書成名的英國作家史帝文森（R. L. Stevenson），1885年出版的《兒童詩園》（*A Child's Garden of Verses*）便是以花園裡的動植物為主題創作兒歌。另一方面，工業革命帶動密集的城市發展，將越來越多人帶入見屋不見林的城市，兒童與自然田野的疏離關係被人注意到了。專家們不斷呼籲，兒童在成長中若脫離戶外的自然生活，會造成兒童在生理、心理與道德上發展的不全。1880年時，瑞士瓊安娜‧史派麗（Johanna Spyri）的小說《海蒂》便描繪出了鄉野與城市對兒童的影響，孤兒海蒂在爺爺住的阿爾卑斯山上，不但過得健康愉快，還改變了爺爺的個性。但海蒂後來被送到大城市生活，她在身心靈各方面

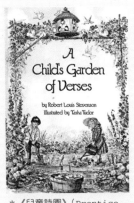

都失調，直到她回到阿爾卑斯山與爺爺和同伴重聚之後才恢復正常。

既然要城市孩子時時在自然裡受教洗禮有其困難，花園或公園成為唯一的替代方案。英國的園藝發展甚早，但服務的是王室貴族的成人世界，像是維多利亞時代的宮廷花園設置，其繁花似錦仍是當今英國各大公園裡常見的遺風。由園藝專家提出花園與孩子的關係，要到二十世紀初才開始，尤其以英國著名的園藝學家與園藝設計家葛楚・爵姬（Gertrude Jekyll）於1908年時出版的《兒童與花園》（*Children and Gardens*）一書為里程碑，該書中除了有許多兒童在花園裡的影像，爵姬也提倡適當提供兒童花園的重要與實施方法。這本書比柏娜的《秘密花園》出版稍早一些，那一段時間柏娜沈浸在花園自然的心靈治療生活，不但接觸了許多園藝書籍，也樂於園藝工作，一般人認為柏娜閱讀過爵姬這本書，受其啟發進而創造了《秘密花園》裡兩個孩子瑪莉與柯林，在野外與花園的工作中治癒他們不健全的身心靈的故事情節。

肯特郡的秘密花園

花園——空間的需要

　　《秘密花園》的主角瑪莉生於印度，是因為瑪莉的英籍父母為工作移居印度，但他們卻因為一場致命的霍亂流行而染病去世。瑪莉於是被送回英國依親，在印度時瑪莉與她父母疏離的親子關係導致她古怪彆扭的自我個性。當她來到約克郡時，卻又進入另一個被憂傷籠罩的死寂莊園，莊園女主人因難產而亡，男主人克雷文因喪妻之痛而封閉自己，也不願親近妻子以生命換來的兒子柯林。瑪莉來到莊園時，管家太太這麼跟她說：「你只能自己玩，自己照顧自己，人家會告訴你哪些房間你可以進去，哪些不可以。」莊園裡負責看顧瑪莉的僕人瑪莎，是個親切直率又喜歡田野自然的少女，她成為改變瑪莉的關鍵。一開始，瑪莉是從瑪莎口中聽到那個被封鎖的花園而感到興趣，但瑪莎時常談及她的家人，她與家人親近的關係也讓瑪莉發覺了自己的孤獨。瑪莉覺得她不屬於任何人，也沒有任何人或任何東西屬於她，於是瑪莉便想要一塊有歸屬感的土地。她跟園丁老班說：「我想要擁有自己的一個花園。」後來在她發現鑰匙並進入秘密花園時，她為了間接得到進入花園的許可，便鼓起勇氣跟克雷文先生開口：「我可以有一小塊地嗎？」瑪莉解釋她要的是一塊可以讓植物長出來的土地。瑪莉當場得到克雷文先生的允許，只是克雷文先生並不知道瑪莉指的土地，事實上就是他十年前下令封鎖的花園。

　　當瑪莉發現花園時，柏娜是這麼描寫的：「她已經走進了這個奇妙的花園，她可以在任何時候，穿過常春藤底下的

＊現在花園的柵欄入口。

門來到這裡，她覺得好像找到一個屬於自己的世界。」柏娜
事實上寫出了當時處於人生低潮的她，發現梅森大廈這座受
人遺忘的牆園的心情。柏娜的家人早已移居美國，從另一個
角度看來，她離婚後又隻身回到英國，就像故事裡流離失所
的孤兒瑪莉孤單地回到陌生家鄉一樣，她們都渴望一塊充滿
生氣的奇妙空間。柏娜深知一座隱藏起來的花園，比什麼都
來得令人振奮、吸引人。對孩子來說，更符合他們「秘密基

地」的需要，所以她將瑪莉、迪肯與柯文對這個花園的愛護、期待與興奮之情，寫得尤其細膩。

死亡與重生

　　當瑪莉到了那個秘密花園裡，看到枝藤以及玫瑰藤蔓，並沒有一下抱定花園已成雜草堆，而懷疑原本的藤蔓已經死了。她找鏟子、托人買種子。她說：「如果有一把鏟子，我就可以鬆軟土壤，拔除雜草；如果有花種子，我就可以讓花長出來，花園就不會死氣沉沉，它會活過來。」瑪莉後來說服柯文要將花園一事保持秘密，表面上是怕克雷文先生發現後會勃然大怒而收回花園，實際上是她不希望大人知道後壞了她的計畫。因為她的計畫需要神秘感去完成，也就是瑪莉想要親自看到花園從死裡復活，她跟柯林說：「如果我們能保持花園的秘密，就能每天進去看到植物的成長，看看多少玫瑰活過來。」後來，花園在瑪莎的弟弟迪肯一些時日的幫忙與教導之後，瑪莉如願地讓花園甦醒過來了。隨著春天到來，瑪莉急著描述花園裡的不一樣給房間裡的柯林聽：

　　　　植物都從地底鑽了出來，花兒也舒展開來了。每棵植物都長出花苞，綠色薄紗將灰撲撲的一片蓋了過去，鳥兒匆匆忙忙築巢，就怕太遲了，有些鳥兒甚至還為了在秘密花園爭地盤打起架來。玫瑰叢看起來很調皮，小徑和林子裡都是櫻草花，我們播種的種子都長出來了，迪肯也帶來了小狐狸、白嘴烏鴉、松鼠和剛出生的小羊。

　　雖然，三個孩子後來固定在花園裡聚會、玩耍並滋養彼此的友誼，展現了秘密基地的功能。但是瑪莉要花園「活過來」的神秘期待，才是通篇章節反覆出現的主調。瑪莉看著花園從死氣沈沈到生氣勃勃，她特別注意園中每一個細節的改變。她對花園裡貌似死亡的強烈懷疑與對生命期待的固執，同樣反應在她對柯林的態度上。當大家都認定柯林活不久時，瑪莉自己半信半疑，不斷問其他人「他會死掉嗎？」甚至也直接反問柯林「你覺得自己活不了嗎？」但隨著相處時間長了，瑪莉熟悉柯林的脾氣之後，她知道柯林得的不過是心病，便先譏諷柯林裝病，然後帶他到外頭運動、接觸自然，就像瑪莉自己在野地自然裡因為運動和新鮮空氣而強壯一樣，瑪莉也讓柯林循序甦活過來了。

　　花園，在這個故事裡符合了福祿貝爾的觀點：「瑪莉需要一塊土地」，也就是孩子成長需要一塊比較個人的空間，並且從這個空間中學習自然成長的奧秘與法則。特別的是，瑪莉對於秘密花園的定義，除了作為她個人的歸屬地外，她對花園裡的期望還是相當有建設性的。故事中，她說她讀過一些有關秘密花園的故事，有人就在花園裡睡一百年（暗指歐文的《李伯大夢》）什麼事都沒做，她個人認為那是很愚蠢的。她期待的是，樹枝上的綠芽點可以冒出來，土裡的球莖能甦醒過來。也因為瑪莉對花園的這股信念，回饋到她身上，花園將原本非常不討人喜歡的瑪莉變得圓潤讓人歡喜；花園也使得原本隨時等著死訊到來的柯林從輪椅上站起來嚷著：「我知道我會永遠活下去」；這個帶有神秘力量的花

園，也讓孤寂封閉的克雷文先生甦醒開朗起來。

花園，在柏娜的筆下，扮演著更具深意的角色：一個從死亡到重生的重要轉介所。

自然療法使心靈強健

柏娜採用歌德傳奇小說（Gothic romance）的形式，也就是以一些廢墟或鬧鬼的城堡為故事場景，情節涉及超自然和神秘元素的小說，呈現出自然療法的意識型態。可以說柏娜成功地結合歌德傳奇小說與自然療法兩項特質，讓故事本身散發著花園的魔力而鼓舞讀者。柏娜在文字裡處處流露她對自然療法的信念：「當知更鳥讓她越來越接近牠，她彎下身子和牠說話，試著發出像鳥叫的聲音時，瑪莉就忘了自己過去彆扭的個性。」又說：「從荒野吹來強大、清新的空氣，很有幫助，讓她胃口大開，抵擋強風使她的血液活絡起來，她的心靈也同樣活躍起來。」在故事的最後一章〈在花園裡〉，柏娜更是以全知觀點的口吻直接為每個角色註解，柯林的情況是「當新的美麗思想將這些舊的討厭想法推擠出去後，生機又回到他身上。他的血液在血管裡健康地流著，力量像洪流般湧入他的身體。他的科學實驗相當簡單實際，一點都不奇怪。」克雷文先生則是「由於他的想法改變，那珍貴寧靜的時刻使他的靈魂也慢慢強健起來。」

透過一個花園，幾個受的心靈因為大自然的神秘洗禮而強健。他們一行人在花園脫胎換骨、神采奕奕地走回莊園，震驚了所有僕人的那一個場景是高潮也是結束，這種自然與人合而為一的結局，當然振奮人心！

花園之旅

　　英國許多城市都會有植物園（Botanic Garden）的公共景
點，一般大型皇宮、城堡、或公園裡還會設有「花園」特區。
如果選擇春夏天到訪英國，處處可見花團錦簇的園子。倫敦雖
然是個大都會，卻有個值得驕傲的世界第一，那就是每個倫敦
客在倫敦市均分的綠地比例是世界各大都會中最大的。這都歸
功於倫敦市裡大大小小的公園，除了海德公園、肯辛頓公園、
聖詹姆斯公園等免費的超大型公園都有規劃賞花的園子外，非
常值得走一趟的是倫敦西南邊的皇家植物園Kew Garden，該公
園於2003年正式被聯合國教科文組織列為與中國長城並列的世
界重要遺產之一，這項紀錄彰顯了它在植物史上的歷史價值。

＊皇家植物園

肯特郡的秘密花園

此外，和皇家植物園同樣位在瑞奇蒙（Richmond）的，是倫敦最大的公園——瑞奇蒙公園（Richmond Park），因為它早期是皇家狩獵公園，佔地特別遼闊。園內仍保有鹿群、水鳥、野鳥等野生動物分散在它遼闊的野地裡，那味道和其他人工造景公園比起來又更野趣自然，進入瑞奇蒙公園，會讓人有擺脫文明涉足蠻荒的真實感。以上提的幾個大型公園裡，都設有池子河流水道，因此在春天時尤其可以看到鳥類孵育下一代的景象。看著鴨鵝帶著稚子學習成長、羽翼漸豐的情景，使人感染了福祿貝爾或是柏娜說的自然神秘力量與法則，靈魂也跟著強健起來。

＊皇家植物園

*上圖：皇家植物園亞熱帶溫室
　下圖：皇家植物園溫室裡巨大的蓮葉

肯特郡的秘密花園

＊瑞奇蒙公園

＊里茲城堡

梅森大廈（Great Maytham Hall）

 Rolvenden Cranbrook TN17 4NE

 01580 241346

 到梅森大廈以自行驅車前往比較方便。走Ashford A20 第
九個交流道下， 左行到Rolvenden。梅森大廈業務仍以提
供租住與承辦公共活動為主，所以前往之前最好先預約。
一般開放買票入內參觀的時間約為五月到九月間，星期三
和星期四的下午。

Oscar Wilde

都柏林的快樂王子

王爾德
(Oscar Wilde，1854-1900)

我死了，他們把我放在這兒，
而且立得這麼高，
讓我看得見這個城市的一切醜惡和窮苦，
我的心雖然是鉛做的，
我也忍不住哭了。

——王爾德《童話與散文詩·快樂王子》
(巴金譯，東華出版)

還是慶幸，王爾德曾循傳統途徑娶妻生子。要不是他有兩個「會要故事聽」的孩子，我們恐怕讀不到〈自私的巨人〉、〈快樂王子〉等如此動人的童話。王爾德去世時，小兒子維衛恩（Vyvyan Holland）才十四歲，雖然記憶有限，維衛恩在2000年王爾德百年逝世時出版的《王爾德之子》（Son of Oscar Wilde）一書中，仍盡力描寫這位既傑出又聲名狼藉的親人，給他的印象與影響。維衛恩在書裡談到，父親會幫他們修理玩壞了的玩具，也會突然衝進他們的房間裡，扮演獅子、野狼或馬等四肢著地的動物來逗他們玩。當他們玩累的時候，會跟父親要故事聽，王爾德就會開始講故事……在孩子的心裡，他們覺得父親永遠有說不完的故事。

王爾德之屋
(Oscar Wilde House Museum)

　　都柏林不只是喬伊斯一個人的，另一個同是都柏林重要文化資產之一的王爾德，也分享了都柏林城市導覽的部份版圖。其實，不跟著地圖找，走在都柏林街上，也擺脫不了王爾德的身

＊西地街21號。

影。在都柏林著名的「作家博物館」（Dublin Writers Museum）能看到他。在戲院門口貼出的演出海報上，可以看到他的名字。在路過的郵局或是雜物攤，看到王爾德的明信片。一百年來，王爾德好像沒離開過都柏林。

王爾德出生於1854年都柏林的西地街（Westland Row）21號，目前西地街一整排房子都是三一學院的財產，雖然21號房的外牆上鑲有王爾德出生地的圓匾額，但該建築並沒有開放參觀，內部結構為教學使用也已經改變。王爾德一歲時，他們一家就搬到位在麥立恩廣場（Merrion Square）1號的房子。這棟建築於1994年時被都柏林美國學院取得所有權，他們在接手之後將這棟房子整修過，以「奧斯卡·王爾德之屋博物館」為名開放大眾參觀。

王爾德有一對出眾不凡的父母，父親是出名的眼耳科醫生，母親珍·法蘭西斯卡·伊爾姬（Jean Fransesca Elgee）是熱切的愛爾蘭民族主義者，有多國語言才能及大膽的社交生活。很多談及王爾德童年的書籍都會放上一張他兩歲時穿著裙裝的照片，那是一件藍色的天鵝絨裙裝，綴有白色蕾絲裙襬的洋裝。王爾德的頭髮上過捲子垂在兩耳旁，腳上套上白襪穿著有蝴蝶結的鞋子。這是因為他母親期待第二胎是女的，王爾德的到來讓母親頗失望，所以在她懷了第三胎之前，都讓王爾德穿成女孩的模樣。這事常被後人拿來附會王爾德同性之說。母親後來如願以償，生了一個女孩，小王爾德兩歲。不幸的，她在十歲時染了熱病過世，這對王爾德的雙親打擊相當大，十二歲的王爾德也一樣陷入憂傷。他們的

家庭醫生談起這事，形容當時的王爾德是個感情豐富、謙恭有禮、如夢幻般的孩子；妹妹過世時，王爾德更加孤獨哀傷，還經常獨自到公墓園妹妹的墳塚前解憂悼念。王爾德後來為亡妹做了一首安魂祈禱詩（Requiescat），字句間滿是年少的他對生離死別的不捨與哀傷：

　　步子放輕些
　　她就在雪地下
　　講話小聲些
　　她能聽見小雛菊在長大

　　她金黃的秀髮
　　因腐鏽而晦暗
　　她仍年輕美麗

＊在麥立恩廣場巨石上的王爾德，蹙眉又撇嘴，是對他短暫而抑鬱的一生感到愁苦吧！

卻得隨土落地

如百合，如白雪

她一點都不明白

她是個在幸福中長大的女孩

棺木與重石

躺在她胸前

我獨自苦惱

她兀自安眠

如此安詳，她聽不見

弦琴與詩篇

而我的一生早已埋葬於

成堆的黃土之間

*廣場後來改建為公園，並在窗口望出去的地方建了
 一座王爾德的石像。我從王爾德的房間窗口望下
 去，看見幾個大男孩正在王爾德的腳下照相留念。

＊王爾德以少年聖戰士的形象出現在家中的彩繪玻璃上。

　　王爾德在麥立恩廣場１號的房子住了二十三年之久，直
到他離開三一學院。房子佔地不大，不過屋內格局與裝設優
雅，當時王爾德父母常有藝文界與醫界人士來家中餐會，王
爾德跟哥哥威利常被叫下客廳來亮相跟客人打招呼，這些場
合提供了王爾德口才訓練的場所。他們兄弟一起住在四樓對
外的房間裡。睡覺前，享有父母提供的說愛爾蘭民間故事、
朗誦詩文或唱催眠曲的時間，但他們也得背誦、複習母親或
是其他愛爾蘭詩人的作品。當時從這房間的窗戶望出去，就
是麥立恩廣場，王爾德很喜歡趴在這邊遠遠地冷眼觀看廣場
的大人、小孩、商販、馬車，那是他學習認識這世界的第一
道窗口。

嚴格說來，王爾德的童年過得並不是很快樂，一方面因為父親在外風流使家裡受到訴訟紛擾；二來他個性內向，十歲就離家跟哥哥上同一間寄宿學校，威利全能、彈一手好琴，活躍受歡迎。王爾德在同儕間並不討好，因為他和大多數男孩無法打成一片，他不喜歡男孩的遊戲，對音樂不在

＊王爾德的塑像與家中客廳。

行，也討厭數學、科學，又常常不修邊幅、走起路來沒個正經樣，所以同學給他取個「灰烏鴉」的綽號。灰烏鴉只對花草自然有興趣，喜歡看詩跟古典文學的書。不過，灰烏鴉會用他過目不忘的本事，來討同學開心，他常站在交誼廳的壁爐前，面對著同學翻閱一些艱深的書，他速讀幾頁之後，再重複書裡的內容給同學聽，讓同學嘖嘖稱奇。

三一學院

　　王爾德少年時，母親跟朋友說過：「我不擔心威利，因為他有頭腦，但我擔心奧斯卡，他有些不一樣。」如果母親的疑慮指的是學業的話，那是多餘了。王爾德十七歲時，就拿獎學金進入都柏林的三一學院就讀。兄弟倆又在三一碰頭，而且還有一年同住一間寢室。王爾德在三一學院繼續鑽研文學，在校刊上常發表作品，就拿不少詩獎跟古典文學獎。王爾德成績雖然優異，但他似乎對都柏林最好的學術殿堂興致盎然。也許是離家太近，所見所聞都了無新意，王爾德回到家見到的人還是學校的老師，都柏林漸漸讓他提不起勁，當哥哥威利已前往倫敦修習法律時，王爾德也嚮往自己可以展翅飛到他方。

＊建立於十六世紀末的都柏林三一學院，是愛爾蘭的學術重鎮。擁有全愛爾蘭最大的圖書館，其中以藏有凱爾書經（Book of Kells）聞名，該手抄書寫於約西元八百年，包含四部福音書。這部書經是世界上存有的最早與最美的手抄書經之一，它在十七世紀時便來到三一學院，但一直到十九世紀才開始公開展出。三一學院圖書館分新舊兩館，凱爾書經在舊館展出。

都柏林三一學院的鐘樓，鐘樓建立於1853年，
傳說學生若穿過鐘樓正下方，考試將會失利。

牛津莫德林學院

　　想飛的王爾德，於是申請了牛津人文藝術最頂尖的學院莫德林，以他在三一優秀的成績輕易地獲得該學院古典文學獎學金。1874年，王爾德搭上船迎向牛津——全世界嚮往的知識殿堂，揮別了都柏林。在牛津，王爾德面對的是全新的人事物，牛津到處是權貴子女，王爾德得學習跟這群狂人、天才作朋友、競爭。他適應得很快，努力找出如何凸顯自己

＊牛津莫德林學院，位在植物園對面。

的訣竅。在莫德林，影響王爾德最甚的屬教授藝術課程的教授約翰‧羅斯金（John Ruskin），王爾德因為修了羅斯金一門「佛羅倫斯的美學」課程，在該學期暑假還親自旅行義大利，汲取更豐沛的美學經驗。

他喜歡牛津，立志要「嚐遍這果園裡樹上所結的果實」，王爾德在莫德林學院時期，藝術美學觀漸趨成熟，也越加自信：「我想成為一位詩人、作家、劇作家，不管如何，我將會出名，如果不能出名，也要惡名昭彰。」這個全新的舞台讓他興奮不已，他開始自我蛻變，帶著一些自負、一些叛逆，用美學的角度把個人主義推得更崇高，他說：「個人主義是種擾人心神且分化的力量，但其中有無窮的價值，因為目的在顛覆型態的霸權，解放傳統的奴役，推翻習慣的暴政，並解救人類免於淪於機械化。」王爾德隨時準備好要大鬧這世界一番。

他離開校園後，跟大家一樣，擠進倫敦要為自己闖出一番名號，在雜誌社工作的王爾德，偶有戲劇與詩的佳作發表或演講，也努力在藝文界社交場合亮相。王爾德表現不差，同時也沒忘記要過個「平常」的人生，他遇到康斯坦絲‧瑪利‧羅依德（Constance Mary Lloyd），熱戀追求她並娶她為妻。他在給友人的信中描繪康斯坦絲，就像在寫童話的女主角一樣：「她是一位小巧玲瓏而端莊的月神，紫羅蘭色的眼睛與一捲捲的褐色秀髮使她的頭就像一朵花，而當她那雙象牙色的手在鋼琴上奏起美妙的音符時，小鳥兒也會停止唱歌。」

1884年，王爾德和這位女月神結婚，接著三年內，他們兩個孩子先後來到世間，讓為人父的王爾德享受了一段甜美的家庭之樂。初來世間的孩子，永遠都張著一雙好奇的眼睛，這讓王爾德有機會結合父親跟創作者兩個角色，開始為孩子編故事。1888年，他發表了〈快樂王子〉以及其他故事，他說：「那是散文研究，部分是為兒童而寫，部分是為保有赤子般的喜悅與歡樂之心而寫。」有人說，這是王爾德第一個很受歡迎的故事。

　　但王爾德志不在此，他仍心繫戲劇，並繼續創作了小說《格雷的肖像》與劇作《溫夫人的扇子》、《莎樂美》、《不可兒戲》等大作，王爾德終於享受了他年輕時「出名」的願望，他像隻花蝴蝶在英國文藝界裡到處展現一身的美麗。就在他沈溺於聲名的同時，命運之神也實現王爾德當初立下「惡名昭彰」的戲言，他漸漸忽略家庭，到處結交年輕男子作樂，還讓他惹上官司，厄運從此如影隨形。那是一場致命的官司，也是一場關乎愛情、親情、權勢的角力之爭。1895年王爾德一方敗訴隨即被捕入獄，他服刑了兩年，出獄後流浪歐洲，1900年時死於巴黎的旅館裡。遺憾的是，她的妻子早王爾德去世一年，那兩個孩子在王爾德入獄之後，就沒再見過他們的父親了。長子在第一次世界大戰中身亡。這一個原本如童話般的快樂家庭，花瓣猶鮮卻逐一凋零，僅剩次子維衛恩，在長大後收集資料幫父親作傳，繼續傳著這位才子的故事。

王爾德與他的童話

　　王爾德的童話著作共有兩本，一本為出版於1888年的《快樂王子和別的故事》與三年後出版的《石榴之家》，前者有五篇童話，後者有四篇。大陸文學大師巴金譯過王爾德的童話，甚且戰戰兢兢謙虛地說：「他那美麗完整的文體，尤其是他那富於音樂性的調子，我無法忠實地傳達出來。他有著豐麗的辭藻，而我自己用的字彙卻是多麼貧弱。」除了巴金點出的，王爾德用字遣詞漂亮，童話帶出的意識型態也是相當深刻的。它們不同於傳統的格林兄弟、安徒生等童話，不是民間流傳故事，也非專為兒童而寫，王爾德的童話，就像他個人的多重性格，難以歸類。王爾德傳記作家之一的R. H. 謝拉德（R. H. Sherard）這麼評說：「在英文中找不出能夠跟它們相比的童話。寫作非常巧妙；故事依著一種稀有豐富的想像發展；它們讀起來，或者講起來叫小孩和成人都感到興趣，而同時它們中間貫穿著一種微妙的哲學，一種對社會的控訴，一種為著無產者的呼籲，這使得《快樂王子和別的故事》與《石榴之家》成了控訴現實社會制度的兩張真正的訴狀。」

　　王爾德寫童話，並不避諱師法安徒生，童話裡可以找到許多跟安徒生呼應的地方。他們都同情中下階層的人，在〈快樂王子〉裡，王爾德表現了他對貧困者與創作者的同情，快樂王子要燕子把他身上的寶物叼去給賣火柴的女孩（安徒生的童話）等貧窮人家，跟一個在惡劣環境裡寫作的劇作家（暗示自己）。他們也都肯定真心誠意的價值，快樂

王子因為送完了身上有價的東西，而被愚官視為廢物燒毀。王爾德讓快樂王子留下了一顆無法融化的鉛心，這和安徒生童話「小錫兵」一則裡，缺了一腳的錫兵被淘氣的孩子扔進火爐裡，燒出了一塊錫心，是如出一轍的。而且，他們都對行善者在世的不公待遇，施以上帝的恩惠作為安慰。自私的巨人跟燕子都被上帝帶回天上，視為珍貴的東西。

美麗的謊言

　　王爾德寫童話向安徒生看齊，卻也把自己的個性摻進去，讓他的童話多了許多矛盾的張力。王爾德口若懸河、妙語如珠的天分，使他一生奴隸於文字語言，他演說創作發省大眾，但也迷失在言語文字裡。1889年時，王爾德寫了一篇〈說謊的沒落〉的文章公開推崇說謊的藝術，他認為說謊的目的，是要散播魅力、歡喜與快樂。說謊者是文明社會的基礎，沒有他們，既使是在高官貴人華廈內所舉辦的晚宴，也會跟皇家學會的演講一樣枯燥無趣。由此看來，有人說王爾德一生都活在他自己編造的謊言或是面具裡，也挺適切的。

　　真話謊話，不只在王爾德的一生，也在他的作品裡，讓人真假難辨。在〈夜鶯與薔薇〉一篇中，心軟的夜鶯不忍年輕學生為愛愁傷落淚，而願意犧牲自己，用自己的心血染紅薔薇，好讓學生拿薔薇去求愛。夜鶯對學生高唱著他的條件：「我只要求你做一件事來報答我，就是你要做一個忠實的情人，因為不管哲學是怎樣的聰明，愛情卻比她更聰明，不管權利是怎樣地偉大，愛情卻比她更偉大。」王爾德用那

樣精緻的劇情與語言來歌頌愛情的美，就像他一生追求唯美主義一樣無悔。但是他卻也讓那學生在結尾處無情地鞭笞愛情，說它「是多麼無聊的東西，它的用處比不上邏輯的一半。因為它什麼都不能證明。」

矛盾的性格

　　王爾德主張為了造就美，美麗的謊言不可或缺。矛盾的，他也深知「虛情假意與光說不練」的謊言是多麼讓人厭惡。在〈忠實的朋友〉一則童話裡，王爾德就大大諷刺了光會用美言來占盡他人便宜的人。當老河鼠狠毒地對那些學不會水中倒立的小鴨子嚷著：「多麼不聽話的孩子，他們實在應當淹死」，又胡謅著忠實友誼的高貴時，老河鼠讓一隻梅花雀給說一個故事教訓。可惜這故事說到結尾，梅花雀卻發現白費功夫了。老河鼠跟故事裡的磨麵師一樣寡廉鮮恥且執迷不悟。這個寓言故事寫來高段，完全都以反諷筆法描寫。王爾德用荒謬的言語扭曲真理，好讓讀者加深對磨麵師的兒子小漢斯的同情，但他卻沒給這個故事像〈快樂王子〉或〈自私的巨人〉一個讓人寬心安慰的結尾。磨麵師還教訓自己有真善心的孩子說道：「做得好的人多，可是說得好的人少，可見兩者之中還是說話更難，而且也更漂亮。」看來，王爾德是明白自己反應在磨麵師與小漢斯身上的兩種矛盾性格的。

虛榮的火箭

〈神奇的火箭〉一則，也勾勒出王爾德懷才不遇的自負性格，如何造就他悲劇性的一生。故事裡那個痴妄的主角火箭說的一些話就跟王年輕時說的名言一樣，像是「我知道我命中註定是要轟動全世界的」，而直到最後潦倒的火箭以一種可笑的方式被點燃時，他還帶著虛榮大呼：「我知道我要大出風頭的。」虛榮如何扭曲事實是這個童話要表達的，但王爾德的一生恰恰是沈溺在聽眾、群眾與掌聲的追求裡。他的朋友指出王爾德常常陶醉在自我英雄崇拜，就像他自己寫火箭的那段話：「我喜歡聽我自己講話，這是我最大的樂趣。我常常一個人長篇大論，我絕頂聰明，有時候連我自己說的話都不懂。」

死後百年撥雲見日

王爾德最後因為同性戀的敗德行為遭到社會撻伐嚴懲，加上短暫的生命使他無法為自己再度發聲，王爾德的名字沈寂一段時間。而他的作品似乎也染上罪名，包括精神分析學者拿王爾德的童話來分析人格原型時，也附會了王爾德的性向與德行，例如王爾德寫〈自私的巨人〉，有意或無意地反應了他喜歡年輕男孩的性向，並且在《格雷的肖像》裡找到更多的佐證。但隨著同性文化在西方逐漸撥雲見日，王爾德的聲譽不再侷限在同志的爭執，後人在他的作品中尋找新意，重新審視他作品的價值，他那優雅、機智的文采來人間轟動地走了一遭，雖然短短四十六年，卻帶給後人在藝術與

語言文學上深切的省思。隨著聲援他的聲音不斷，人們為他建立匾額、塑造人像，1995年倫敦的西敏寺也選擇在情人節2月14日，在教堂裡的詩人角鑲上一片有王爾德名字的彩繪玻璃。一個世紀之後，王爾德成了自己筆下的巨人，在一段試煉之後，英國人開了西敏寺大門迎接，迎他進入光的國度。在王爾德的作品《不可兒戲》於倫敦國家劇院上演整整一百年後，王爾德再度戴上他那自信唯美的光環重見世人。

都柏林的快樂王子

圖❶ ＊小孩向巨人說：你有一回讓我在你的園子裡玩，今天我要帶你到我的園子裡去，那就是天堂！

⊕倫敦西敏寺大教堂

　　西敏寺座落在倫敦泰晤士河旁，其歷史始於十一世紀，但目前的建築物成形於十六世紀。除了平時英國重要人士的婚喪盛會在此舉行之外，以寺裡的「詩人角」（Poets' Corner）著稱。一些英國著名的文人埋葬於此，例如狄更斯、吉卜林等。一些對文學藝術有貢獻的作家，也有紀念碑豎立於此，像是莎士比亞、渥茲華斯、珍・奧斯汀、約翰・羅斯金等，曾經是羅斯金得意門生的王爾德也在1995年成為詩人角的一員。

王爾德之屋 （Oscar Wilde House Museum）

🏠 1, Merrion Square, Dublin 2, Ireland

🌐 http://www.amcd.ie/oscarwildehouse/about.html

📄 目前開放的時間為星期一、三、四，每天兩個導覽場次，都在早上。注意：愛爾蘭軍跟英軍在長期對抗之後，在1921年，分割了愛爾蘭。「南愛」在1948年成立愛爾蘭共和國。所以要到都柏林，得另外申辦愛爾蘭的簽證。

圖片引用：圖1 引自 王爾德／著，辛西雅／圖 《眾神寵愛的天才》（格林文化）第31頁〈自私的巨人〉插畫。

都柏林的快樂王子

肯辛頓公園的彼得潘

J. M. 巴里

（James Matthew Barrie，1860-1937）

「我是青春，我是喜悅，」彼得回答，
「我是從蛋殼裡蹦出來的一隻小鳥。」

——巴里《彼得潘》

英國公園的腹地多半遼闊，除非你打算漫無目的地閒晃，否則最好在入口處先看好地圖。我踏進肯辛頓公園時，便聽見一個稚嫩嘹亮的聲音嚷著：「我要去找彼得潘」，讓我省去找指標的功夫立刻跟著娃兒一家走。果真路途不短，小娃兒搭坐在父親肩上不覺腿酸，一路嚷嚷唱唱，直到河邊小徑的一個彎口，才聽見小娃兒一聲令下從父親的肩上滑下，邊跑邊叫：「彼得潘」。在他還沒爬上彼得潘前，彼得潘已經被幾個孩子給攀上了，這些孩子口中無限反覆喚著：「彼得潘」，聽起來像是呼喚著自己玩伴，又像是

頌著偶像之名。太陽把孩子的笑聲曬得更亮，只能在下面仰望彼得潘的我，一時被陽光與笑聲給震懾住了。

沒小半餉，烏雲便在他身後群聚，真是典型的倫敦天氣。

小飛俠揚起蘆笛吹奏，就要乘著雲霧起飛。

「飛呀！飛呀！虎克船長來了！」孩子們都叫了起來。

「快快去叫醒河裡的鱷魚！」另一個男孩說。

詹姆斯‧馬修‧巴里（James Matthew Barrie）生於蘇格蘭低地的一處小村莊。父親是手紡織工，母親則是石匠的女兒，他們有十個孩子，詹姆斯排行第九。詹姆斯的母親在孩子睡前都會唸史帝文森的冒險故事《金銀島》給他們聽。十三歲時，巴里離開村子去上學。他開

＊坐落於公園裡小河旁的這座銅像，是1912年巴里贈與肯辛頓公園的禮物，彼得潘下面的底座還刻有仙子與其他動物。

始對戲劇產生濃厚興趣，這個喜好漸漸讓他變成一個沈默的觀察者，當他的同學都在追女孩子時，他卻在圖書館啃噬那些人生如戲的大書。1882年他拿到愛丁堡大學的碩士學位後，第一份工作就是扮演觀察社會的記者。三年後，他兩袖清風地

搬到倫敦開始寫作生涯，大多寫些幽默小品餬口。直到1888年，巴里的幾部作品陸續竄紅之後，他娶了飾演他劇作主角的女演員瑪莉‧安莎（Mary Ansell）為妻，他的生活也因此逐漸融入大都會的模子裡了。

在倫敦工作的期間，巴里常穿越住處附近的肯辛頓公園或是去那裡散步。一天他遇上幾個玩耍的孩子：喬治、傑克、彼得，他們抓著路過的巴里不放，要他跟他們一起玩。巴里因此認識了這些孩子的母親，西維亞‧勒維里‧戴維斯（Sylvia Llewelyn Davies）。後來巴里搬往倫敦西南方蘇里（Surrey）的黑湖小屋（Black Lake Cottage），戴維斯家的孩子也常造訪巴里，他們在那裡玩海盜、探險等遊戲，最後還促成1901年出版的短篇結集《黑湖島上的漂流兒》（*The Boy Castaways of Black Lake Island*），書中還附有巴里為這些孩子攝影的照片。1902年，巴里又以

＊格洛契斯特路（Gloucester Road）133號為巴里在倫敦的住所，離肯辛頓公園只有數條街之遠。目前為私人住所，並不開放。

戴維斯家的孩子為離形，寫了《小白鳥》（*The Little White Bird*），其中便出現幾篇關於彼得潘的故事，故事裡寫著彼得還是一個嬰兒的時候，便逃離父母家，獨自住在肯辛頓公園裡。那本書裡除了一張肯辛頓公園的地圖之外，並沒有插畫。

＊亞瑟・拉克漢於1906年為《肯辛頓公園裡的彼得潘》繪製的版畫插畫。

就是這樣的脈絡，從巴里小時候愛聽的冒險故事，到和戴維斯家的孩子玩的遊戲，都促成了1904年幻想劇《彼得潘》的成形。《彼得潘》於十二月在約克戲院首演大受歡迎，持續加演場次，出版社看好《彼得潘》效應，在1906年把《小白鳥》一書裡有關彼得潘的篇章抽出，取名為《肯辛頓公園裡的彼得潘》（*Peter Pan in Kensington Gardens*）出版，找了當時著名的插畫家亞瑟・拉克漢大手筆重製這本書，拉克漢為此書做了十五張版畫。（當時，拉克漢也為《愛麗絲夢遊仙境》製作版畫插畫，於隔年出版）。而根據幻想劇劇本改編的獨立小說版本，要到1911年才出版，書名為《彼得與溫蒂》（*Peter and Wendy*）。

在《小白鳥》裡的〈彼得潘〉那一章，巴里用第三人稱敘述彼得潘的事蹟，堅稱如果大家把手放在太陽穴上去仔細

回憶，會想起我們在嬰兒之前都是一隻長著翅膀的鳥。那就是為什麼在成為嬰兒後，我們總是覺得肩膀癢得難耐而想要逃離我們的母親。不過大部分的孩子不是在逃離的途中被母親抓了回來，要不就是沒勇氣離開。彼得潘在還是個一週大的嬰兒時，站在窗前看著肯辛頓公園，那曾經是翅膀的肩胛骨頻頻催促彼得，就在那時刻，彼得忘了他已經是穿著睡袍的嬰兒，飛出窗外，落到肯辛頓公園的樹梢上。彼得初到肯辛頓公園時，嚇壞了在那裡生活的精靈們，搞得整個公園驚慌騷動，因為彼得忘記他在凝凍的時間（Lock-out Time）中，以人類樣子出現在精靈國度是件異常的事。他飛到蛇形島上的鳥之島，要找鳥兒們問個究竟，卻給所羅門烏鴉一番問話取走了他能飛的堅信，變成了「半人半鳥」的可憐東西。於是彼得被困在鳥之島上，和鳥兒們生活。但彼得一直想回到肯辛頓公園裡跟孩子們玩耍，後來因為一只飄落在湖上的風箏，眾鳥協力把抓著風箏尾巴的彼得給騰空飛起，不料風箏在半空中被撕碎，幸運的彼得被湖裡的天鵝給救起送上岸，才讓彼得又回到肯辛頓公園裡去。彼得在恢復飛行能力之後，幾度想起或夢見他的媽媽時也會飛回去探望她，儘管彼得會心軟吹笛或親吻安慰媽媽，卻總是狠心再次離開。直到有一回，他回心轉意想要永遠留在媽媽身邊時，他回到自己的窗戶，卻發現窗戶不僅架起了欄杆，還緊閉著。彼得看到窗子裡的媽媽抱著另一個小嬰兒，傷心之餘便下定決心不再回家了。

這也就是1911年小說版《彼得潘》的前傳了。

肯辛頓公園（Kensington Gardens）

　　肯辛頓公園佔地275英畝，其實是海德公園的一部份，原名為花園，是因為它是威廉三世住的肯辛頓皇宮的花園，早期是不對外開放的。英國十九世紀的維多利亞女王生於此，住在這個皇宮裡直到她成為女王。後來，戴安娜王妃婚後一段時日也住進肯辛頓宮。在《小白鳥》裡的〈彼得潘〉一章中，嬰兒皇宮，就是肯辛頓皇宮。其他場景也是有跡可尋，像是彼得潘口渴去喝水的池子就是圓形池（The Round Pond），還有嬰兒步道便是南花步道（South Flower Walk），而鳥之島就是海德公園裡的湖中小島，也就是在那個小島上，彼得用蘆葦替自己做了一根笛子的。

＊肯辛頓公園地圖

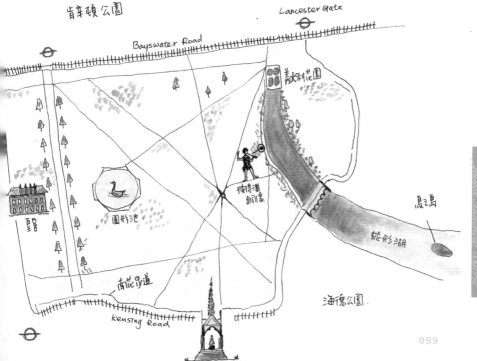

肯辛頓公園的彼得潘

Peter Pan

Serpentine Gallery

Albert Memorial

Children's Playground

※這是彼得潘雕像所在地點的蛇
湖（The Lake of t
Serpentine）旁的湖岸，這
石拱橋的另一邊就是海德公園
那兒有個小島，也就是《小白
一書裡的鳥之島。巴里在故事
說鷗鳥站在木樁上，可是石
哨。在彼得潘的銅像旁，有
站崗，彷彿跟彼得潘是同路白
守護著他。

＊上圖：肯辛頓皇宮。下圖：公園裡的蛇形湖藝廊（Serpentine Gallery），是由早期貴族茶亭改建的現代藝術藝廊。

*上圖：亞伯特親王紀念碑。下圖：義大利花園。亞伯特為維多利亞女王的丈夫。義大利花園跟亞伯特親王紀念碑都是在維多利亞時代增建的。

　　故事裡所有的男孩最後都成了溫蒂家的孩子，和你我一樣上學、上班、結婚……除了彼得潘。然而，這個不願長大、永遠一口乳牙的彼得潘，整整一個世紀以來，倒是幫助了無數的孩子長大。所以聽了這故事的英國人，一生總愛走個幾趟他們心中的夢幻島——肯辛頓公園——去看看這位長不大的老朋友。肯辛頓裡有好幾個雕像，有的甚至比彼得潘宏偉、明顯，卻沒有一個可以比得上在河岸一角、毫不起眼的彼得潘來得熱鬧，就連一旁的河岸，都有許多鴨鳥來相伴。對孩子來說，整個肯辛頓公園是個精靈國度，他們嘻笑玩耍卻小心謹慎，因為巴里在故事裡說：「每個嬰孩第一次笑出聲來，就有一位小仙子誕生，而每當一個孩子說他不再相信仙子，就有一位小仙子死去。」這成為每個孩子深信不疑的慈善信條，他們可不願意他們一個疏忽，便無知地讓一個小仙子死去。

歐蒙街兒童醫院
(Great Ormond Street Hospital)

　　從肯辛頓地鐵站搭往羅素廣場（Russell Square），鑽出地面後便是倫敦人文薈萃的Bloomsbury區，往左前方走是大英博物館，往右後方去可以找到倫敦第二尊小飛俠，就守在車站後方的歐蒙街兒童醫院門口。1929年時，巴里身為準備再購地擴建的「歐蒙街兒童醫院委員會」一員，因為他膝下無子，加上他深愛孩子，後來決定把《彼得潘》所有的相關版稅都捐贈給該醫院，此義舉不僅使得該醫院數十年來有充裕

的經費辦得有聲有色，行俠
仗義的彼得潘更因為巴里無
私的慈善義行，成為倫敦人
心中真正的小英雄，累世光
芒不減。2004年適逢百年紀
念，有相關活動慶祝，像是
倫敦Savoy劇院重演的劇、
環球電影重拍《小飛俠彼得
潘》，還有巴里的傳記式電
影《尋找新樂園》（Finding
Neverland），也於十月底在
倫敦首演。

＊歐蒙街兒童醫院入口與門外的彼得潘銅像。
　醫院裡有一間以彼得潘為名的咖啡廳。

　　歐蒙街兒童醫院成立於1852年，1858年發生第一次重大財務危機時，查爾斯‧狄更斯開始公開朗誦他的作品為醫院籌款，狄更斯此舉不但解決危機，還為醫院購得鄰近的一塊土地擴建床位。醫院在二次世界大戰幾乎被摧毀殆盡，也是靠著英國知名人士的募款活動度過難關。而巴里後來將《彼得潘》的版權相贈，更成為醫院往後的主要財源之一。

⊕狄更斯博物館

　　來到Bloomsbury，總得順道拜訪一下狄更斯，尤其這些人事物總是糾扯一起的，醫院第一回難關便是狄更斯親自募款才撐過的。從醫院往下坡走，拐幾個彎就是狄更斯博物館。由於狄更斯關注中下層人民的生活，作品裡不少以兒童為主角，因此許多作品被改為兒童讀物，像是《孤雛淚》、《聖誕頌》（或名《小氣財神》）等。插畫在狄更斯的著作裡占有很大的份量，館中也陳列不少狄氏出版物的諷刺插畫，而且還能讀到狄更斯跟安徒生往來的書信，只不過這段跨國情誼，後來因為安徒生到狄更斯家中叨擾過久而由濃轉淡。

　　1847年，安徒生是在首次到訪英國的歡迎會上認識狄更斯的。在安徒生要離開英國時，狄更斯還特地到碼頭送行，讓安徒生留下深刻的印象。回到丹麥的安徒生立刻寄上自己英譯的童話給狄更斯，兩人因此展開惺惺相惜的文人之誼。狄更斯因此常邀請安徒生再次造訪英國，十年後，安徒生果然二度訪英，成為狄更斯的客人。但這次來訪，安徒生全程住在狄更斯

※位在道地街（Doughty Street）48號的狄更斯博物館，必須按門鈴等人來開門進去買票。

家，把原本預定的一兩星期的假期延長為五星期。這期間安徒生與狄更斯一家人朝夕相處，英語並不大靈光的安徒生跟狄更斯的九個孩子尤其相處不洽。連狄更斯也有點招架不住安徒生喜怒無常的個性，當安徒生結束旅程之後，狄更斯彷彿服完一段度日如年的刑期。後來儘管安徒生仍舊熱情去信倫敦致謝問候，狄更斯卻冷淡以對了。

⊕藍色小匾額

走在倫敦，會看到許多建築物上鑲有深藍色的圓匾額，上面寫著某某人的住處，標示著時間。此舉始於1866年，由「倫敦英國傳統保存委員會」負責立匾的相關事宜。標準為：過世二十年、

對人類有所貢獻、具有讓人辨識的知名度、有同業人的認可。目前倫敦市大約有七百個藍色小匾額。

彼得潘的成功：各式遊戲的混成曲

回到《彼得潘》，它的成功可以歸功於它混成曲（pastiche）的形式。巴里把一些典型兒童故事的元素像是海盜、北美印地安、美人魚、野狼、秘密基地、飛行等等都結合一起。因此不管是最初的舞台劇、後來的小說，或是電影等表現形式，這些元素都提高了藝術表演時不可或缺的戲劇性。電影版的《彼得潘》，從1924 年的無聲電影之後，動畫或真人演出的影片不斷被重製，最近幾部美國製片的，包括1991年由史蒂芬・史匹伯導演、羅賓・威廉斯演彼得潘、達斯汀・霍夫曼演虎克船長的版本，還有為

＊1924年默片《彼得潘》

＊1953年迪士尼卡通版

＊1991年《虎克船長》

＊2004年《彼得潘》

慶祝《彼得潘》上演一百週年的2004年環球製片版，隨著聲光科技的進展，電影一部比一部拍得更炫目華麗。

2004年12月上映的《尋找新樂園》是一部以巴里為主角的傳記式電影，其中演出了那段巴里與戴維斯一家的互動而促成《彼得潘》這部幻想劇的背景。片中有關巴里與妻子的婚姻低潮，與他和戴維斯一家過從甚密的流言蜚語都有被提及。任何傳記式電影因為詮釋者的偏廢，總會有兩極的反應，《尋找新樂園》也不例外。看熱鬧的人取其片中強調

「幻想或想像」的唯美浪漫，讓人陶醉。但看門道的人則頗有挑剔。英國專業影評家彼得・布萊蕭（Peter Bradshaw）就給予該片相當低的評價，尤其對影片傳達出的意識型態頗不以為然。布萊蕭認為該片太偏重表現巴里唯美的一面了，巴里實際上逃避他現實的生活困境（尤其是婚姻問題），像隻鴕鳥般地把頭埋進兒童式的遊戲與幻想裡。這樣「不成熟的行為」卻被「幻想的滿足」模糊焦點，使觀眾推崇起巴里與戴維斯一家的情誼。說穿了，巴里也是不願意面對現實，是彼得潘的另一個翻版。

*《尋找新樂園》電影海報，強尼・戴普飾演巴里，凱特・溫斯蕾則扮演戴維斯夫人。

對於布萊蕭的嚴格批判，影片中倒是有一段有趣的對應。在《彼得潘》首演成功後的酒會上，有人聽到了巴里跟戴維斯家的彼得對話，便對彼得說：「啊！你就是那個彼得潘吧！」早熟世故的彼得很快地回了他們一句，「喔不，事實上，巴里先生才是那個彼得潘。」以一個娛樂事業來說，對於這部一百週年紀念的商業電影，恐怕難以苛責太多。不過，對瞭解層次不同的觀眾而言，片中對話可能都具有多重意義，供各家解讀。可以確知的是，彼得潘這個角色的個性，實在耐人尋味。

彼得潘的原型

潘，是一個希臘牧神，代表的是愛自然、不信教與不受道德約束，愛喧鬧和喜樂的神。潘曾經愛上一位叫西瑞絲

（Syrinx）的女神，可是西瑞絲不領潘的情，請求其他女神把她變成一片蘆葦。潘於是撿了許多蘆葦，用蠟做成一支蘆笛。潘有演奏天分，總能吹出美妙的樂音，吸引林中仙子傾聽。巴里的彼得潘，借用了希臘牧神「不願受拘束、崇尚自然、喜歡喧鬧歡樂」的特性，而且吹得一口好笛子。不過，光是這層典故解釋不了彼得潘特殊的個性。由於巴里陸續寫了一些有關自己母親與童年回憶的作品，後人多少以他的背景來揣測作品內涵。巴里非常依戀母親，但自從母親最疼愛的兒子大衛在十三歲時去世後，他的母親陷入絕望，巴里自此活在哥哥大衛的陰影下。大衛長得俊美，各方面又表現優異，巴里則相反，身材矮小、性格內向，毫不起眼。巴里深知自己在母親眼中的分量遠不如大衛，心有不平，卻也不得不在各方面效仿大衛以博母親歡喜。

　　這樣的心理衝突，一輩子都跟著巴里。而這段成長歷程，跟巴里把彼得潘寫成一個停止成長的孩子也有微妙關連。關於巴里性無能的謠傳，在他在世時便甚囂塵上。一些精神學家後來再從巴里的書信、婚姻狀況，與他跟戴維斯家孩子相處的情形來看，提出巴里的性向問題以及戀童癖的可能性。由於作品裡有許多巴里真實生活的影射，提高了以精神分析觀點來看這個作品的可信度。包括，巴里的妻子極想要孩子卻落空，於是寄情一隻聖伯納犬，這隻狗變成故事裡保護達林家三個孩子的保母。還有他介入戴維斯家，跟戴維斯五個孩子過從甚密，就猶如他——長不大的彼得潘——介入達林家的生活一樣。戴維斯先生對巴里尤其有心結，他認

為他的家庭被巴里侵犯，巴里就像彼得潘一樣擄獲了他孩子的心。戴維斯先生甚至企圖以搬家來遠離巴里對他家孩子的迷戀，然而命運捉弄人，戴維斯因病早逝，使得戴維斯遺孀與遺孤不得不依賴巴里的經濟支援，巴里收養了這些孩子，並稱他們為「我的男孩！」巴里六十二歲時，寫下：「在寫下《彼得潘》這麼久之後，我似乎才理解另一個切身意義：我急於長大，卻終究沒有辦法。」年邁的巴里寫下這樣模稜兩可的字句，讓人難以捉摸。但是巴里一生歷程跟《彼得潘》文本裡透露出的種種訊息，的確是有高密度的關連。這使得《彼得潘》與巴里一生事蹟，都成為精神分析學者在這兩者之間抽取人類性格原型的最佳範本。

當然，撇開作者的生平軼事不論，單純從精神分析的角度來看文本意義的方法也頗受重視。《彼得潘》裡幾個重要人物，後來都成為兒童文學人物的原型。有學者認為巴里成功地把人類的兩種性格隱密地表現在溫蒂跟彼得這兩個主角身上，彼得代表的是「成人裡的兒童性」，溫蒂代表的是「兒童裡的成人性」。彼得擁有的是兒童性——一個停在過去的特性，這也就是為什麼彼得在某些心理狀態是停止成長的，把吻當頂針，又老是不解溫蒂與虎蓮兩個女生真情的暗示。彼得沒跟溫蒂回到正常的家庭社會（成人模式的生活），雖然他有那麼一

刻在溫蒂的幫助下動搖了拒絕成長的堅持，但最後還是跟溫蒂的母親說了：「夫人，你別過來，沒人能抓住我，把我變成一個男人。」對於他給溫蒂的承諾，每年春天來帶她回永無島掃除，也是有一搭沒一搭。兒童性如此，就像巴里在故事裡說的，「孩子就是這樣，只要眼前有什麼新奇的事物，他們就會拋棄他們最親愛的人。」所以，在彼得接受溫蒂已經長大的事實後，溫蒂也就離開彼得的世界了。但沒長大的彼得心底，還是需要一個母親，所以他也就一代又一代地回來找溫蒂的子女、孫女，來替補他所需要的母親。

但是，溫蒂可不一樣了，溫蒂有的「成人性」是得從兒童那兒長過去的，所以在整個故事中，溫蒂的成長線是清晰且不斷的。溫蒂在永無島，不但稱職地扮演孩子的母親角色，照料大家起居，還身兼導師，要孩子們不要忘記自己的父母親，給孩子們考試溫習。她時常自覺自己在心智上已經成長了，她跟彼得說：「有這樣一個大家庭，我的青春期早就過去了。」而在最後一刻彼得在達林家的窗口徘徊時，溫蒂還是不放棄幫彼得長大的心願，與彼得一來一往地心靈對話。但一切努力還是枉費。最後，溫蒂到底結了婚也生了孩子。巴里這樣註解溫蒂：「溫蒂長大了，你不必為她感到遺憾。她正是願意長大的那一型。她還心甘情願地比別的女孩子長得快一些呢。」

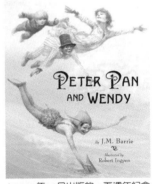

＊2004年10月出版的一百週年紀念版《彼得潘與溫蒂》由安徒生大獎得主羅伯・英潘（Robert Ingpen）擔任插畫。（Orchard）

溫蒂與彼得代表了男女之間的某些差異。彼得與虎克船長則代表了男人的兩種階段。彼得潘代表了男人未成年前的單純幸福，這和一個他所討厭的，代表成長後的成人模型「虎克船長」，是男人成長的兩個重要的分別。虎克在跟彼得對決的時候，生理上的力不從心讓虎克警覺自己的年邁，於是急於在彼得潘身上找到年輕人專有的缺點「無禮」來安慰自己。但當彼得有禮貌地讓對手虎克撿起掉落的刀劍時，虎克卻慌張遲疑了，他問彼得：「你到底是什麼？」這時，彼得大膽地回他：「我是青春，我是喜悅。我是從蛋殼裡蹦出來的一隻小鳥。」這樣犀利的回答，才是讓一個不服老的獨臂船長斃命的關鍵。

　　《彼得潘》裡的驚奇、探險與趣味，讓人讀來大開眼界、脈搏加快，又愛不釋手，娛樂性十足。但這些角色背後的人格原型，也頗讓後人津津樂道。《彼得潘》上演一百週年的2004年，英國BBC廣播電台將十二月訂為「彼得潘季」，製作了一系列節目。其中一個節目以「揮別地底」（Never Netherland）來對比正在上映的電影片名「尋找新樂園」（Finding Neverland），便是請一位兒童心理學家剖析作品，把《彼得潘》在心理層面反映出來的意義帶出表面，包括「彼得潘是否是個被寵壞的男性原型：自戀並拒絕面對現實？」「為什麼他痛恨母性？」等問題。

　　所以，下回如果有人這麼說：「你活像個彼得潘！」時，其中褒貶可得仔細思量了。

肯辛頓公園

🏰 Kensington Gardens, London W2 UH 可經由三個地鐵站進入
公園：Lancester Gate, Hight Street Kensington, Queensway

☎ 020 72982100

🌐 http://www.royalparks.gov.uk/parks/kensington_gardens

📋 基本上公園全年開放，但公園內部設施開放時間不一，可上網
查詢。夏日時節，公園會舉辦彼得潘相關活動讓孩子參加。

歐蒙街兒童醫院

🏰 Great Ormond Street Hospital, Great Ormond Street, London
WC1N 3JH ，鄰近地鐵站為藍線的Russell Square

☎ 020 7405 9200

🌐 http://www.gosh.org/

狄更斯博物館

🏰 48 Doughty Street London WC1N 2LX，鄰近地鐵站為藍線的
Russell Square

☎ 020 7405 2127

🌐 http://www.dickensmuseum.com

📋 開放時間為星期一到星期六早上十點到下午五點，星期天早上
十一點到下午五點。

圖片引用：**圖1** 引自《尋找新樂園》官方網站。

肯辛頓公園的彼得潘

Rudyard Kipling

薩西克斯郡的理想家園

吉卜林
(Rudyard Kipling，1865-1936)

我的嘴給村人打傷，
我的心卻因為可以回到叢林而輕鬆，為什麼？
這兩件事在我心裡糾纏，就像春天的蛇在打鬥一樣。
淚水奪眶，我卻微笑迎接。為什麼？

——吉卜林《森林王子》

理想家園──貝特曼莊園 (Bateman's)

1900年，吉卜林（Rudyard Kipling）從美國到南非過冬後，返回英國時正值盎然的春天，可是才大病初癒又失去愛女的吉卜林，身心俱疲不想再漂流於大洋間。他尋尋覓覓，直到在英國東南的薩西克斯郡（Sussex）的伯瓦西（Burwash）發現一座莊園後，吉卜林對英國終於有了歸根的依戀。他買下這座名為貝特曼的莊園，他的餘生，從1902年

到1936年去世為止，都受莊園保護。吉卜林稱貝特曼為「理想家園」。

　　寫到「理想家園」四個字，我可等不得了，立刻停筆下令車子往東南走去。一個半小時後，伯瓦西的指示牌出現了。車子行駛在小小的、兩旁有零星商店的街上，漸漸慢下來，像是享受起房屋後面鬱鬱青草、習習和風的草丘田園。還沒到伯瓦西呢，車子卻突然轉進一條羊腸小徑，難道車子因為這醉人的午後而擅做主張要兜風去？我趕緊抽出地圖追蹤，啊！真是錯怪它了，那條細長的小徑就叫「貝特曼巷」，是理想家園的專屬道路呢！車子在小路盡頭的碎石平地停下，呼個大氣「剩下靠你自己了！」便闔眼打盹去了。拍拍車子道別，我正準備要興奮，可是左看右看再轉一圈看，心頭一揪，「除了窩在樹叢裡的小亭，沒有一間房屋啊，哪裡有理想的味道？」

　　耐心點吧！我走到小亭買了票穿入側邊小門，邊走邊安慰自己：「再幾步路，就可以看到理想家園了。」這麼一想，一股浪漫從土地竄上腳心，步伐有力，鼻子也靈了，陣陣花香迎來。我順著花影望向右邊，「哈，那就是理想之家吧！都只剩一張屋頂蓋在丘谷間了」看來，我離理想還有些遠，那麼，就先在香草果園裡逗留，當隻香噴噴的花蝴蝶吧！

　　我讀著香草園裡的標示雖然似懂非懂，總知道要大口享用這免費的芳療。學著蝴蝶輕步漫舞穿過了香草園，見到了一群人在平房前喝茶，屋前的蘋果樹結實纍纍還掉了一

CURRY PLANT
HELICHRYSUM
ITALICUM

SNEEZEWORT
ACHILLEA PTARMICA

＊平房改建的茶屋。

地。我停住，猶豫一會兒決定加快腳步，「哼，不讓你們這些狡詐的茶點綁架！」沒想到，幾步路存積下來的堅毅，一下給長相可人的禮品書屋給融化了。「先看書再談理想嘛！」待我洗了一個久久的書澡，步出白色小門迎向陽光，看見對面翠草上一個剛學步的寶寶追著蝴蝶搖搖晃晃，被家人的笑聲圍著。「啊，多麼美好啊！」轉出書屋，我看到一台藍色的勞斯萊斯古董車被關在玻璃屋裡。「我對車沒天分。」繼續

往目標移動。「我是想著理想的啊！」可是，一看到了梨樹園、桑椹園的標示，又完全被箭頭給拉著走了。進了園子，幾個四五歲大的男孩女孩跟著落在地上的果實滾著，咯咯笑不停，活像精靈。我這才恍悟：「唉呀！我就在理想裡了呀！」可真是人在幸福不知味，「那找精神堡壘吧！」我再回到書屋叉路往另一邊繞，終於看見黃石打造的主屋了，它就穩穩坐在修剪整齊的排樹和池子花園前，是那樣的溫雅莊重！「說精神堡壘，一點也沒錯。」

＊穀倉改建的書店。

＊吉卜林的藍色勞斯萊斯骨董車。

＊占地三十三英畝的家園裡還有指示牌！

＊黃石打造的主屋，就穩穩坐在修剪整齊的排樹和池子花園前，是那樣的溫雅莊重，說它是精神堡壘，一點也沒錯。

＊吉卜林描繪貝特曼是個「理想的家園，隱密具防護性，遠離村落馬路的吵雜。」
　若不是親自走一遭，還真難體會這話的道理！

　　吉卜林在自傳裡談到他和貝特曼的緣分，他和妻子卡洛
琳（Caroline Starr Balestier）在1900年便發現它，而且他倆初
次看見就喜歡，可惜為時已晚，房子已經出租。直到1902
年，貝特曼出現在買賣市場時，他們毫不猶豫地買下它。整
個莊園占地三十三英畝，當時的買價是九千三百英鎊。吉卜
林買下貝特曼時，僅有三十六歲。在當時，一般秘書的年收
入是八十英鎊，而吉卜林當時已經有年收入五千英鎊的身
價。

　　貝特曼的主屋建於十七世紀，房子內部由吉卜林從各地收藏的精品妝點，尤其以東方手工藝品為主，為數相當可觀。幾個在書房的大地球儀，訴說著他遊走世界各地的故事。客廳與書房滿牆的書櫃，裝著吉卜林從地球各角落收集而來的書。主屋裡的客廳、書房、主臥室等空間忠實呈現吉卜林當時的擺設，也另有一些展覽室展出吉卜林的手稿、文件與早期出版品，包括吉卜林《原來如此的故事》一書中栩栩如生的花豹、犀牛、象、袋鼠等的寫實插畫，還有《森林王子》裡由吉卜林的父親約翰（John Lockwood Kipling）當時親自為故事做的浮雕銅版畫，裸身的莫格利（Mowqli）、棕熊、狼群、莽蛇在銅版上都浮出了身影，栩栩如生。

　　屋內每個空間都有導護人員保護這些骨董珍品，他們穿著筆挺又以引以為榮的口吻解說，使得來訪的人都成了謙卑

＊左圖：吉卜林的書來自世界各地。右圖：主屋的窗外。

羞怯的小學生。是因為小學生的腦袋裝不了一整屋子的故事？還是這家園實在太理想了，讓人難以一時覽盡？轉了一大圈，我頂著快要漲破的頭回到前廳若有所思，一位「尖頭饅」說：「聽了這麼多故事，我建議你讓腦子放鬆一下，沿著水池旁的樹牆走，那兒還有一個可愛迷人的水車磨坊！」

尖頭饅說完帶上一彎淺笑又加送眨眼一枚。

　　走過蓮花池，挨著右邊樹牆進入小溪的步道，這理想的家園怎麼也走不完似的，一行人隱沒在蔥鬱的樹草間，乾脆放慢腳步享受暖陽的烘烤，任憑溪裡的水波快流。走約十分鐘過了小木橋，水車磨坊才出現。這磨坊蓋於十八世紀中，從外頭看起來就像一間樸實小屋，一進到坊內，兩層樓的機械式結構一覽無遺。小屋功能不少，碾穀、送水還發電，維持主屋每晚四個小時的明亮。當

＊穿過小木橋，來到水車磨坊。

＊外觀小巧的磨坊，裡頭可是暗藏玄機。

時，貝特曼常有吉卜林的一些親戚來作客，妹妹翠絲也住在
這裡，所以在貝特曼幫傭的工作人員就有十幾二十位，有管
家、秘書、僕人，連磨坊、勞斯萊斯都有專人照料。吉卜林
與妻子相繼去世後，他的妻子將此產業贈給國家信託，此一
重要遺產前前後後、裡裡外外才得以維持如此原貌與妥善。
天氣好的話，到貝特曼莊園，真的可以消磨一整天，徹底欣
賞吉卜林的才氣與享受莊園的幸福。

遊走世界各地的吉卜林

距離英國首次征服印度的1608年，1860年時的印度已經展現英國在當地高度統治開發的成果。英國人約翰跟剛結褵的新婚妻子愛麗絲，決定到印度孟買展開新生活，約翰在孟買的工作是復興兼培育印度的藝術與工藝，他的大兒子拉雅德・吉卜林生於1865年，兩年後吉卜林的妹妹翠絲也來到世間。1871年時，他們一家四口回英國度假，約翰跟愛麗絲為了孩子的教育，把孩子留在英國給一對臨時找的寄養父母，便回印度了。吉卜林跟翠絲在成年之前都沒再回印度與父母團聚，這段青春期對他們

＊吉卜林曾經到過香港，家中有很多東方家具與藝品。

126

俐都不好過，對吉卜林更是難熬，直到他在十七歲那年完成高中學業，因為父母沒有充裕的財力送吉卜林進牛津大學，才要他回印度跟他們會合。吉卜林在1882年回印度當記者，那是一份好工作，在新聞界的七年期間，他學會了以筆賺錢，發表一些短篇故事集，二十三歲時的他已經是印度當時最好的作家了。

1889年，吉卜林打算回倫敦工作之前，先橫越遠東，到東南亞一些國家看看，再到美國旅行一趟。回到英國之後，他正式展開專業作家的生涯，他的短篇故事已經小有名氣，之後又娶了美國人卡洛琳為妻，往後的十餘年間，三個孩子先後來報到。他們一家陸續在歐洲、美洲、亞洲、澳洲、非洲旅居，其中以在美國佛蒙特州住的三年為最長，幾本兒童故事書像是《森林王子》、《勇敢船長》就是在美國寫成的。雖然旅居各地，但吉卜林還是想回英國長期定居，所以他們買下貝特曼莊園做為相伴以終的家園。不過，他們夫妻俐的腳步可沒停住，每年的一到三月，他們固定前往南非過冬，還陸續到加拿大、埃及、巴西、西印度群島等地訪問旅行。直到1936年時，吉卜林病逝英國，兩年後卡洛琳也隨夫而去。

是吉卜林特殊的身世際遇讓他得天獨厚，能把飽覽的世界化為新穎的故事，用筆為西方人開窗看天下。吉卜林一生的風光無法細數，至高榮譽就屬1907年獲得諾貝爾文學獎，以「觀察入微、想像新穎、思想雄渾、敘述卓越」的特質成為第一位獲得該獎項的英國人，而當時的他，才42歲。

薩西克斯郡的理想家園

為孩子寫書

　　比起吉卜林一生所發表的著作、短篇和詩文，他寫的童書算九牛一毛了，不過童書帶給他的聲名卻友善響亮多了。和A. A. 米恩、王爾德一樣，吉卜林寫童書的動機源於自己的孩子，作品包括《森林王子》、《原來如此的故事》、《勇敢船長》、《小吉姆的追尋》等。吉卜林喜歡跟孩子玩在一塊兒，當自己的三個小孩和親戚的孩子在假期湊在一塊時，吉卜林會和一屋子的孩子都裝扮起來打陣仗，他會發揮編故事本領，安排大家的腳色與劇情，一些冒險故事也就在和孩子玩耍間誕生了。

　　和《小熊維尼》一樣，《原來如此的故事》也是從親子床邊故事來的。吉卜林住在佛蒙特州時，老大約瑟芬跟其他的玩伴正值好奇發問的年齡，他們不斷發出「為什麼犀牛的皮又粗又皺」「為什麼大象的鼻子那麼長」等問題，吉卜林於是編些好玩的故事

圖❶ ＊「犀牛皮為什麼又粗又皺？」

回答他們。只不過,這本讀來讓人驚奇又莞爾的書,卻有個令人惋惜的幕後故事。

故事是這樣的,在英美居住期間,吉卜林在英語國家已經相當有名,常受邀各地訪問、生活優渥。但1899年那年的寒冬預告了接下來的不幸。當時吉卜林一家在前往美國的輪船上遇到惡劣天氣,船行的顛簸讓他們一家五口在抵達紐約後先後病倒。他們當時都住在飯店裡,吉卜林跟三個孩子因為感冒而併發支氣管炎、肺炎和百日咳,其中又以吉卜林跟約瑟芬最為嚴重。卡洛琳知道無法同時照顧兩個病人,便把長女托給位在長島的朋友家,好讓自己專心照顧先生,但吉卜林的病情不見好轉還一度病危,其消息在報章媒體上出現多日,大家齊心為他祈禱。3月4日當天,醫生宣布吉卜林脫離險境時,全世界都為他高興,報導與賀函不斷湧來。為人母的卡洛琳沒稍喘氣,隔天趕緊驅車到長島看女兒,還將她父親好轉的消息鼓勵約瑟芬,要她對自己的病情恢復信心,約瑟芬還跟母親說:「幫我把愛帶給爹地和其他人」。那晚深夜,卡洛琳又回到倫敦繼續照顧吉卜林,隔天卻傳來約瑟芬已經去世的消息。

為了維持吉卜林好不容易好轉的病情,大家決定暫時瞞著這個噩耗。連約瑟芬的喪禮,吉卜林都錯過。吉卜林知道之後相當沈痛,但還是硬撐過來了。他們回到英國後,吉卜林才帶著對女兒濃濃的思念將這些床邊故事寫下。「原」一書在1902年出版,其中〈第一封信怎麼來的?〉跟〈英文字母是怎麼發明的?〉兩則短篇裡,那個新石器時代家庭裡的

一對父女就反應了吉卜林與約瑟芬的親密關係。而附在故事
後面的詩，更寫出了吉卜林對愛女深切的思念。

她穿著鹿皮做的鞋和披風，
無畏無懼自由地奔跑。
點燃濕漉的木棒，
讓煙告訴父親她的行蹤，
太遠了，
啊！她遠遠地落在後頭，
遠得無法呼叫父親。
特古麥一個人走著，
要去尋找
是他一切的女兒。

＊「犀牛的硬皮是怎麼來的？」「花豹的斑點是怎麼來的？」「袋鼠的後腿是怎
麼來的？」「為什麼貓老是獨來獨往？」等這類問題，吉卜林不僅解來趣味橫
生，還配上自己的插畫，寫上長篇註解，為故事添加幾分真假難辨的趣味。

自我認同——從《森林王子》到《小吉姆的追尋》

　　《森林王子》及其續集從出版到現在，都是吉卜林最受
歡迎的作品，也是改善吉卜林經濟的主要來源。這個故事的
成功，主要是吉卜林把它在印度吸收的動物知識加到「獸育
孩子」的傳說裡，傳說因豐富顯得更真實有趣。故事的主角
莫格利，是以一頭牛的代價換得生命而存活於森林，被一對
狼父母扶養，並有黑豹、棕熊等動物協助莫格利學習叢林法
則，他們的共同敵人就是亟欲破壞他們組織的老虎西里汗。

莫格利被養到十歲大時，一雙眼睛散發人類獨有的智慧，而
讓其他狼群與動物害怕，因而被趕出了叢林，回到人類的部
落學習人類語言與生活模式。但莫格利在實踐殺死西里汗的
諾言時，被村人看到他竟然能調遣牛群動物，大家都以為他
是帶邪的惡魔，而把他趕回叢林。

⊕獸育孩子（Feral Child）

　　獸育孩子，指的是受到父母遺棄或走失而被動物扶養的孩
子。有關獸育孩子的傳說早自羅馬時期的「羅謬勒斯與雷謬斯」
（Romulus and Remus），羅謬勒斯與雷謬斯是一對孿生兄弟，為
羅馬戰神的兒子，他們出生後被遺棄並被一隻母狼給哺育長
大，羅謬勒斯後來成為古羅馬帝國的創立者。吉卜林的《森林
王子》一出版，便成為文學史上有關獸育孩子最有名的作品，
故事主角莫格利也是由狼群扶養長大的。後來，美國的作家愛
得格・萊斯・波洛夫
（Edgar Rice Burroughs）
也效法寫了一系列的
《泰山》，故事主角泰山
則是在非洲遭到父母遺
棄被人猿扶養長大。

＊《森林王子》BBC有聲書與《泰山》藍燈出版的有聲書。

　　吉卜林在故事中不斷敘述動物們叢林法則，平衡了生存
與道義的衝突。間接表現人類應有的生存之道。但故事的深

層意義表現在莫格利個人的自我認同上，莫格利處在人類與動物兩種族群之間，在自我認識與族群認同上，產生了撕裂。這樣的撕裂，吉卜林用莫格利在故事結尾唱的歌做為註解：「我的嘴給村人打傷，我的心卻因為可以回到叢林而輕鬆，為什麼？這兩件事在我心裡糾纏，就像春天的蛇在打鬥一樣。淚水奪眶，我卻微笑迎接。為什麼？」他說：「我是兩個莫格利。」

說印度語的吉卜林

　　吉卜林從小就意識到族群認同對他的困擾，父母雖然過的是上層階級的制式生活，吉卜林跟妹妹卻享有非常自由的無憂生活。他們和印度僕人混在一起，僕人唱印度兒歌、講

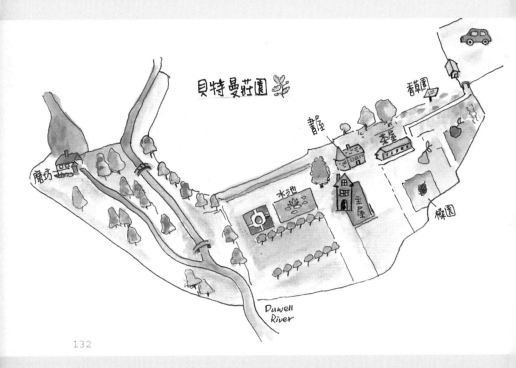

印度民間傳奇故事給他們聽。他們跟爸媽相處的時間很短，只有在每天下午的片刻，僕人將他們梳洗乾淨後帶去見父母，父母這時才跟孩子說：「現在跟爸爸媽媽說英語。」基本上，印度語才是他吉卜林的第一語言。吉卜林兩歲時第一次回到英國，當時他對英國的評語是「陰暗濕冷」。他六歲時再度隨家人回英國度假並受教育到十七歲的這段經驗，更是悽慘，尤其前六年的寄養生活對吉卜林是個大夢魘，帶給他嚴重的精神創傷。小吉卜林，一心想的都是那充滿陽光與笑聲的印度時光。

蛻變成白人

　　青少年時的吉卜林，終於在寄宿學校融入群體，也從知識裡找到自我。當他再度回到印度生活，深入社會工作了七年，他進一步觀察到帝國主義與殖民地之間的關係，卻讓自己更拿不定立場。他不擁抱祖國的侵略立場，他在〈莫罕默得‧丁的故事〉（The Story of Muhammad Din）短篇裡，對英國人的種族偏見作了猛烈的抨擊。但是，他也不全然同情印度人，他尤其看不慣那些接受西方教育自以為是的印度人。雖然這些因為國別、種族帶來的價值衝突，是他寫作的最大泉源，卻也讓他立場搖擺不定。到了1898年，三十三歲的他寫了一首名為〈白人的負擔〉（White Man's Burden）的長詩，意指白人統治對於世界的開化，是一種道德義務也是一種負擔。這時候，他又變成帝國主義與種族優越者的發言人了！

把優越感藏進故事

　　三年後，他寫了《小吉姆的追尋》，故事大概是這樣的，吉姆是英國愛爾蘭軍官遺留下來的白人孤兒，但他曬得黑、講得一口熟練的印度語，又被印度女人扶養，所以很少人認出他是白人。吉姆遇到一位西藏來的聖徒老僧，成了他的徒弟，要幫他找尋洗滌罪惡的聖河，兩人因此相依四處遊走。吉姆生來慧黠，又闇印度下層人民的生活習性，所以不但被收攏為英國情報計畫的一員，也成為僧侶不可缺的幫手。老僧待吉姆如親，甚至提供吉姆教育經費，讓他學習白人的技能。但就在吉姆離開學校後跟隨老僧的一段旅程中，意外地遇到俄國間諜，兩人因此都受重傷，吉姆以意志力硬撐，將老僧安置妥當後自己卻陷入病危險境。最後，吉姆奇蹟地恢復，而老僧也因為吉姆長久的陪伴，獲得精神上的解脫，發現了無處不在的聖河。

　　《小吉姆的追尋》是吉卜林在貝特曼莊園寫的第一本書，很難說這本書是給誰看的，因為主角吉姆在故事開始時是個十三歲的小子，所以故事常被改編簡化為兒童讀物。但原著的篇幅長，背景牽扯到帝國與殖民地的複雜的人文地理關係，也是一部成人經典文學。所謂的複雜，是指印度在英國統治下，釀造出一個由多種族、多文化、多階層、多宗教所組成的社會。吉姆處在轉大人的青澀年齡，遇上紛亂的時代。複雜的社會組織使吉姆產生了多重身份，他不明白自己屬於誰，該做什麼事，所以他時常問自己：「我，吉姆，吉姆究竟是誰呢？」

　　尋找「自我認同」是吉姆在成長過程中最大的課題。吉卜林以自身的體會，小心處理這敏感的問題，他盡量避免用白人的支配觀點來寫。所以當吉姆在認同白人教育之後，還是稱當地印度人為「我自己的人」、稱老僧「我的喇嘛」，又說：「有些事情是那些拿刀叉吃飯的人不會了解的，有時候用兩手吃飯比較好。」他也跟僧人說：「沒有所謂的黑也沒所謂的白，我不是白人，我是你的徒弟。」吉姆這樣的表現算是可圈可點的。吉卜林讓老僧與吉姆之間不嫌不棄，老喇嘛需要吉姆的世俗、智慧與能力來幫助他達成願望，而吉姆也需要老僧尊貴的信仰與堅定不移的信念。這一份體力與精神互補的動人友誼，深深獲得讀者的認同。

　　但是，鼻靈嘴利的讀者正是在這層關係中，嗅出了吉卜林藏得巧妙的大英帝國情結。吉卜林把西藏喇嘛的精神層次寫來崇高讓人尊重，但是吉卜林也藉由喇嘛在世俗上的無能反應了第三世界國家的落後。被殖民的國家的確需要像英國有組織有能力的大國才能循序漸進，而這份大將之能，正是讓吉姆給演了出來。也許，吉卜林是藉著吉姆反應了他年少時在自我認同上的困境與矛盾情結，然而終究透過吉姆這個角色，吉卜林將帝國侵略之實合法化，也理想化了。

以創作的故事傳世

　　雖然《小吉姆的追尋》有所爭議，但那是後來的事了。在那個時代，《小吉姆的追尋》是成功且受歡迎的，畢竟吉卜林把時空議題拉遠拉大，把帝國種族的敏感隱藏在一位老

喇嘛與小男童的真摯友誼裡，而凸顯多元種族、自我認同、精神追求等議題。這使得他的文學成就再上推一層，同時也是他獲得諾貝爾文學獎的重要原因之一。晚年的吉卜林過得並不平順，主要是因為受他鼓勵而從軍的兒子約翰（與他的祖父同名）在一次世界大戰時在法國受傷失蹤，長時間的搜尋未果讓吉卜林相當自責（因為他先前主戰的立場）。隨著殖民時代的結束，帝國主義只剩落日餘暉，世界的觀點轉變了，吉卜林仍舊保守地極力擁護英國的榮譽、反對愛爾蘭獨立、擔心英國把印度交出去等等。吉卜林把英國視為是要管理全世界的超級強國的優越感，越來越明顯。在社會議題方面，他又推崇男性的武勇，反對女性有投票權，這些保守主張使他的聲譽開始晦暗，自由派人士認定吉卜林早期那股民主自由的

＊1936年1月20日的《泰晤士報》，刊出吉卜林的重要生平與肖像。

朝氣鬥志消匿無跡了。漸漸的，吉卜林在文壇染上的孤獨感使他的健康惡化，終於在他七十一歲那年，告別人世。

雖然吉卜林在政治社會議題上受到打擊，但吉卜林的文學作品不只長銷，也受到多位英國名家如喬治·歐威爾（George Orwell）的公開稱許，被認為是短篇故事大師狄更斯的接班人。1936年1月18日，當吉卜林辭世時，《泰晤士報》以整版的篇幅回顧吉卜林的一生，全是大力讚揚其一生成就與對大星殞落的致哀，而他的遺體也立刻通過以國葬儀式葬在西敏寺供後人緬懷。衝著吉卜林處處為祖國國勢著想的愛國心，英國皇家當然力捧自己人。年輕時也曾寫過童書的英國王子查爾斯，在2004年參加的兒童故事藝術嘉年華活動中，大方說出他小時候最珍愛的書，就是吉卜林的《原來如此的故事》。

貝特曼莊園（Bateman's）

🏠 Burwash, Etchingham, TN19 7DS

☎ 01435 882302

🌐 國家信託的相關網站：

http://www.nationaltrust.org.uk/hbcache/property105.htm

📋 開放時間以三月到十月間為主，每天的早上十一點到傍晚四點到五點不等。若搭火車，可從倫敦Charing Cross車站，搭South East Trains線，買到Etchingham站的票。

圖片引用：圖1引自 吉卜林／著，朱里安諾／圖 《大象的鼻子為什麼那麼長》（格林文化）第27頁。

薩西克斯郡的理想家園

湖區的小兔彼得

畢翠‧波特
（Beatrix Potter，1866-1943）

彼得很頑皮，他跑到麥先生的菜園子，
從門底下溜了進去！
他先吃了一些萵苣和豆子，然後又吃胡蘿蔔。
後來，他覺得很不舒服，
想找些芹菜吃。彼得繞過黃瓜棚架，
沒找到芹菜，卻碰見了麥先生！

——畢翠‧波特《小兔彼得的故事》

18 93年秋初，一封畢翠·波特（Beatrix Potter）寫給她家教老師的兒子諾·莫爾（Noel Moore）的信，就像一顆上了魔粉的種子一樣，在沃土裡靜待那黃金燦爛的一刻好伸出第一片綠芽來。當時，六歲的諾因為體質孱弱，畢翠經常寫信逗他開心。到了1900年時，畢翠認為那些信也許會有用途，便向諾借回。畢翠根據信件裡的故事，複製、修改並親自繪圖。確定開本形式之後，畢翠開始找尋有意願的出版社。連續被六家出版社拒絕後，Frederick Warne有意合作，但因為畢翠堅持以樣書10乘14公分的開本出版，與FW

出版社意見有出入，合作因此告吹。1901年畢翠毅然自行出資印行了兩百五十本，實現對該書堅持的初衷。隔年FW對畢翠印行的小書興趣大增，再次重談合作案，《小兔彼得的故事》終於在1902年以彩色印刷大量印行。從此，小兔彼得系列故事一刷再刷，再也沒停下來過了。

畢翠的繪畫才能啓蒙於父親魯伯·波特（Rupert Potter），波特是個在倫敦執業的律師，平時寄情於繪畫，年輕時便有自己的素描本。從1853年波特先生的素描本裡可以找到西裝筆挺的長嘴鳥，或者戴著帽子的人頭鳥混在遨翔天際的鳥群中。對照1875年，大約是畢翠八、九歲時的繪畫簿，也有張圖是一群穿著人類衣服的兔子在雪地上玩耍，便可推論畢翠喜歡把動物擬人化的偏好承襲自父親的幽默感。波特在畢翠年紀還小時便找了專門的老師來家中教她繪畫，及至畢翠成為少女，更帶著她上藝廊。在那個時代將繪畫視為生活美

＊畢翠於一八九三年寫給諾的信

我親愛的諾，
我不知道寫什麼給你好，所以我說個故事給你聽吧！
這故事是關於四隻小兔子的故事，
他們的名字分別是洛西、莫西、棉尾巴，和彼得。
他們跟媽媽一起住在大樅樹樹根下的洞坑裡。

＊波特先生的素描

學的一環或必要教育，並不普遍。

　　波特先生藏有一些附有插圖的自然歷史方面的書，也都成為畢翠的繪畫教材。在畢翠十歲時用的插畫本裡，就出現她臨摹華特・克藍（Walter Crane）的作品《寶貝的歌劇》（*The Baby's Opera*，1876）。不過，如果從他們父女倆都喜愛把人趣擬成動物的表現看來，藍道夫・凱迪克（Randolph Caldecott）才是他們兩人的最愛。在畢翠十八歲時的筆記裡記載當時波特先生將他收集的凱迪克的插畫送給她，她是多麼地喜樂。

仔細看，畢翠的畫有很多地方和凱迪克類似，尤其是線條與顏色的用法。其中，青蛙穿著西裝的模樣並不是畢翠的創見，《青蛙吉先生的故事》的青蛙先生，跟凱迪克的《一隻青蛙阿嗚走》（*A Frog He Would A-Wooing Go*，1883）皆是穿著襯衫、燕尾服和黑皮鞋，活脫是一對兄弟樣。

＊畢翠的《青蛙吉先生的故事》

＊凱迪克的《一隻青蛙阿嗚走》

畢翠從小就非常喜歡動物，她家中隨時養著各式各樣的寵物，這些動物後來都成為故事裡的主角。她對兔子尤其情有獨鍾，兔子不僅以各種姿態出現在畢翠的素描畫簿裡，還享有特權，在桌上東聞西瞧陪畢翠寫字看書。甚至是已經成年的畢翠，也還把兔子當寵物養，常用線牽著兔子在戶外散步。兔子也就順理成章的，成為她故事的最佳主角了。

＊《小兔彼得的故事》的插畫

湖區的小兔彼得

143

⊕ 維多利亞黃金時代的插畫三傑

　　要談英美兒童圖畫書的近代歷史，不能略過維多利亞時代三位先驅：凱迪克、克藍與格林威，有趣的是他們分別都影響了畢翠‧波特。凱迪克的作品最為畢翠所推崇，畢翠在跟書商討論時，也坦白說明她的繪畫風格想要介於克藍跟凱迪克之間。雖然畢翠對格林威的繪畫並不怎麼賞識，但格林威遣字用韻的方式也啟發了畢翠，尤其是在《格洛斯特的裁縫》一書。

華特‧克藍 (Walter Crane，1845-1915)

　　受到畫家父親湯瑪斯‧克藍（Thomas Crane）的直接影響，華特‧克藍成為維多利亞時期相當重要的藝術創作者。不過父親去世得早，小克藍被送到版畫店習藝，因此接觸插畫事業。1870年代時，他主要以童書插畫為主，為一些經典童話做插畫，例如《格林童話》、《美女與野獸》等等。不管是成人叢書插畫或是兒童讀物插畫，克藍細緻婉約的畫風，提升了他

＊《美女與野獸》（*Beauty and the Beast*,1874）

作品的藝術性，屢次受到倫敦主流的皇家藝術學院肯定，在倫敦展出。

克藍在當版畫學徒的期間，接觸一些社會主義者，影響了他的政治與宗教立場。七〇年代，克藍受威廉·莫里斯（William Morris）的《藝術與社會主義》（*Art and Socialism*）一書影響，逐漸和莫里斯靠攏，成為當時英國美術工藝運動的重要成員。克藍的作品原本就有繁複的特性，和莫里斯利用植物有機的繁複圖樣來呈現工藝生命的理念，可以說是一拍即合。克藍於是開始加入工藝設計的行列，在設計壁紙、織品、磁磚、陶器等等表現搶眼。因此，克藍在英國十九世紀末的影響，除了平面插畫之外，還跨足至工藝品，成為英國維多利亞工藝革命家之一。

藍道夫·凱迪克 (Randolph Caldecott，1846-1886)

凱迪克的父親是一名商人，凱迪克並沒有受專業繪畫或創作訓練，僅靠著自己對繪畫的熱情創作。小時候在就學期間，他便以動物為對象作畫或塑模。出了社會，在他二十出頭時，才決定以半工半讀的方式，白天在銀行工作，晚上到藝術學校夜間部，琢磨繪畫技巧。後來，凱迪克漸漸在報章雜誌和出版品嶄露頭角，二十六歲時，決定從曼徹斯特搬到倫敦去專心致力他的創作事業。

凱迪克接觸童書插畫始於1877年，緣於兩本跟聖誕節有關的書。因為大受歡迎，他開始持續往童書方面發展。凱迪克的水彩畫把故事說得別有味道，甜美又有一股生動的幽默活潑，

使他有別於克藍的沈穩剛毅和格林威的靜態優雅。他在圖畫敘述功能上別有鑽研，不讓插畫地位附屬於文字敘述，而是文圖並進。這些特性讓他在童書插畫領域格外成功。

　　凱迪克的童謠作品，尤其成為英國一項燦爛的文學工業，剛開始他選一些民間童謠配上自己的插畫，後來他也嘗試自己寫童謠。到他1886年去世時，單是童謠系列的十二本作品，便有九十萬本的銷售成績，可見當時英國兒童人手一本的盛況。

據說，那時孩子總是急切等待著凱迪克下一本書的問世。美國的圖書館協會於1937年，將他們圖畫故事書的最高榮譽獎項命名為「凱迪克獎」，便是紀念凱迪克在童書插畫上非凡的成就。

＊《嘿！嘀哆嘀哆》（*Hey Diddle Diddle*,1882）

凱特・格林威 (Kate Greenaway，1846-1901)

　　格林威出生在一個具有創造力的家庭，她的父親約翰・格林威（**John Greenaway**）在倫敦是個頗有名氣的雕刻師，母親是個老練的裁縫師，並擁有一間製作童裝的服裝店。這樣的背景自然培育且形塑格林威的創作特性。

　　格林威在十二歲後才開始正式上學，並陸續受藝術教育。

在父親的引薦下，格林威從二十一歲起開始接一些插畫工作謀生。因為她所設計的卡片銷售頗佳，使她受到矚目，而開始從事書本插畫。她的第一本童書《窗下》（*Under the Window*）於1878年出版，裡面有她自己寫的童謠跟插畫，這本書當時很暢銷，格林威一時成為倫敦童書出版的新銳。她受歡迎的程度一度讓凱迪克吃味，因為格林威勢必影響凱迪克的銷售數字，不過終其一生，兩人維持良性的競爭友誼。

格林威的作品甚至引起當時英國主流藝術評論家約翰・羅斯金主動提筆寫信給她肯定鼓勵。羅斯金也就是影響王爾德最甚的牛津教授之一（見83頁）。這一封信開啓了格林威與羅斯金一生曲折的親密情誼，儘管兩人相差二十八歲，卻曾一度論及婚嫁，這段友誼也成為英國藝術界趣談。格林威受到母親的影響，在衣飾的表現上尤其顯著。她擁有的女性特質，使得她的畫作恬靜優雅，作品裡的人物衣著更是成為聚光焦點，像是寬邊遮陽帽、摺邊服裝等特點，展現了維多利亞時期女士的服裝品味，也彰顯英國輝煌時期的文化意象。因此1955年時，英國圖書館協會將英國最高榮譽的圖畫書獎命名為「凱特・格林威獎」。

SCHOOL is over,
Oh, what fun!
Lessons finished,
Play begun.
Who'll run fastest,
You or I?
Who'll laugh loudest?
Let us try.

K.G.

＊《窗下》

湖區的小兔彼得

湖區與畢翠

　　畢翠生於倫敦長在倫敦，卻對城市沒有好感而心繫鄉村野地。1882年波特一家到湖區（The Lake District）度假，當時畢翠正值二八年華，那次長達三個月的仲夏之旅注定了畢翠與湖區的緣分。在那之後，畢翠便時常回到湖區度假。畢翠曾說，倫敦對她而言只是個「不受寵的出生地」。在《小兔彼得的故事》出版後，累增的版稅讓她想在湖區置產，1905年她買下丘頂小屋（Hill Top）。丘頂小屋是畢翠樂居安身之所，她在那裡盡情創作，小兔彼得系列的後作源源不斷出版，她也陸續置產，買下幾座農場。她的事業後來交由一位在霍克斯海（Hawkshead）工作的律師威廉・希利斯（William Heelis）管理，他們兩個合作愉快，彼此信任。希利斯在1912年向畢翠求婚。畢翠父母反對，因為當時畢翠已經四十六歲，年邁的父母相當依賴畢翠，也反對她只是嫁給一個鄉下的小律師。不過，畢翠後來克服困難，隔年他們兩個結婚。希利斯在管理上幫了畢翠很大的忙，他們同心拓展事業經營牧羊業，經營有成。畢翠儘管因為小兔彼得系列叢書與牧羊業致富，在湖區成為大地主，卻不因此養尊處優，仍維持愛護自然動物的本性，生活穿著皆簡樸。她總是穿著一雙薄底木屐鞋，和長過膝蓋的粗呢套裝或大衣。她也喜歡在牧場上幫忙，繫上粗麻圍裙，便開始在牧場上幹起活來。

　　畢翠一生致力湖區保護工作，晚年時，最擔心的莫過第二次世界大戰中，她的農場將會落入盟軍之手。還好，1943年她去世時，她的擔憂並沒有發生。畢翠在遺囑中指示，她

的所有財產在她先生去世後將全數移交給國家信託
（National Trust）保管。希利斯在畢翠離開後，不敵喪偶之
痛的侵襲，一年半後也與世長辭。國家信託在她先生去世時
接手掌管畢翠的遺產，是信託有史以來接受過最大筆的贈
與。畢翠去世時擁有的湖區土地面積超過四千英畝，包括十
五座農場。所以來到湖區，可以說已經踏在小兔彼得的國度
裡了，許多湖區的山光水色、花草房子都被畢翠畫進故事書
裡了。不過，這其中還是有三個必要造訪的地方：畢翠‧波
特藝廊、山頂小屋，和小兔彼得的世界。

霍克斯海的畢翠‧波特藝廊
(The Gallery of Beatrice Potter)

國家信託後來將希利斯原先在霍克斯海的辦公室規劃為
畢翠‧波特的藝廊，展出部分畢翠的原畫作品。該小鎮相當
迷你，為保護建築物和維持小鎮秩序，車輛是禁止進入的。

＊霍克斯海小鎮的畢翠藝廊

149

國家信託在小鎮外面規劃一個大停車場，旅客只能由停車場步行進入。參觀完霍克斯海藝廊後，可以在小鎮上逛逛。畢翠曾以霍克斯海的街道為背景，畫了幾個故事場景，發表在《餡餅和餡膜的故事》（*The Pie and The Patty-Pan*）等書裡。

＊保持原味的小鎮街景

丘頂小屋（Hill Top）

　　畢翠在三十九歲時買的丘頂小屋，一直陪伴她到離世共三十八年。丘頂小屋一樣為國家信託保管，開放給一般人士參觀。拜訪小屋的那天，天

晴伴著微風，一朵朵鬆軟的白雲在藍天上，似乎是習慣了每年春夏時節為著丘頂小屋而來的川流人車，逕自慵懶漫遊天際。而錯落的石片小屋，綴在無垠的丘陵間，真像是巨人隨手擺放上去似的玲瓏。這個聚落，除了移動的遊客，真像個放大了的展覽模型，那樣幽靜無聲。

走到入口處，看到石塊矮牆的木柵推門，便被一股熟悉感襲上。推了門進去，走在一道沿著長形花園的小徑，看到遠處漸漸清晰的小屋，越覺得自己彷彿置身某處。直到看見有著石板的三角門廊，才醒覺這就是《三小貓的故事》那本書裡的場景，我不禁因為想起那三隻頑皮的小貓所做的好事而笑了出聲。貓媽媽因為有朋友來訪喝茶，先把外頭玩得一身髒的三隻小貓抓回家梳洗。幫牠們換上體面的衣服後，貓

媽媽要他們在外頭乖乖地等待客人到來，不能弄髒衣服。但貓媽媽一從門廊消失，小貓就忘了囑咐，在花叢裡玩耍又跳上矮牆，脫落的衣服還被路過的鴨子們給穿走了。貓媽媽發現後把小貓斥責一頓，趕回樓上房間，只好騙客人說小貓因為得了疹子都在床上睡覺。但小貓怎會乖乖睡覺呢？那三隻頑皮貓又是大鬧一番，乒乒乓乓地破壞了樓下大人們優雅的午茶呢！

＊《三小貓的故事》的背景就是以丘頂小屋為藍圖，上圖是矮木柵門推進去後穿過的長形花園。下圖是小屋門廊。

　　畢翠沒有孩子，但丘頂小屋的小客人不曾斷過。畢翠為了不讓孩子失望，除了親切接待他們之外，也刻意持續豢養兔子、鴨子、狗等故事裡的動物，以免來訪的孩子期望落空。丘頂小屋建造於十七世紀，農舍前有個小菜園，周邊湖光山色相當恬靜。畢翠的故事主角多為動物，讀來也像童話，但畢翠的故事與場景卻是相當寫實的。她說過：「我永遠畫我所見」，湖區提供她現成的材料，畢翠只要忠實地捕捉場景，故事自然來到。一些故事裡的場景，像是外部的房舍、巷弄、花園，與內部的樓梯口、窗口、門廊等，如今仍可以找著出處。「國家信託」也盡可能保存

＊裹在藤蔓花叢中的丘頂小屋更顯嬌羞，屋前的院子裡栽種著畢翠生前曾種過的蔬菜。

* 村落裡唯一的客棧,提供飲食住宿,來客多是為了丘頂小屋。仔細找找,這棟房子也出現在《三小貓的故事》裡呢!

房舍內外的原樣,甚至在菜圃裡種植畢翠當時種植的蔬果,擺設當時的農具、藤架等,讓後人可以揣想畢翠的生活情景,也可以讓書迷對照畢翠畫筆下的童話國度。

畢翠‧波特的世界
(The World of Beatrix Potter)

初次看到佔地廣大的湖區地圖,也許會擔心要找小兔彼得蹤跡猶如大海撈針。這點擔心倒是可以省略,因為在湖區大小城鎮上常見到小兔彼得的專賣店,遊客比較像是被畢翠筆下的動物跟蹤,只要向店員詢問便可獲得詳細的旅遊指南。其中,以位在臨湖的溫德米爾之波奈斯(Bowness-on-Windermere)小鎮上的「畢翠‧波特的世界」最受歡迎,不僅是英國孩子必訪之地,也是海外觀光的重要景點,每年都

＊畢翠‧波特的世界展覽館的入口與花園。

榮登湖區最熱門景點之一。尤其是把畢翠的週邊產品發展到極致的日本，更是觀光客源的第一大宗，整館的日文服務相當周到，對日客明顯禮遇。

　　館內有介紹影音室、故事展覽館、作品展覽室、禮物店、茶店。故事展覽館因為有小兔彼得與他的朋友們的擬真偶像，就像孩子們夢想的樂園。館內把幾個故事書裡重要的場景都放大立體化，讓參觀者遊走其中。彼得偷吃紅蘿蔔一景做成了照相特區，一行人有三歲小童也有執杖老者，都既興奮又耐心地等著和彼得照相。置身在童話國度裡，連鶴髮之叟都難掩的童稚情懷，說明我們每個人都曾有過那顆相信仙子的心！

＊館內的故事造景區，動物玩偶都有一般成人一半的大小。

＊館內將畢翠帶兔子在園中散步的身影塑像展出，背後展出畢翠的相關照片與水彩寫生作品。

寫實與浪漫

畢翠特別喜愛仙子故事、童話故事和奇幻文學，她說當她還是個小女孩時，六本書、三個洋娃娃、一隻填充布偶狗，就可以完全滿足她了。而路易斯·卡羅跟愛得華·李爾（Edward Lear）是她最喜愛的作者，這兩個人的作品都是英國奇幻文學的代表，可見畢翠內心多麼嚮往奇幻國度。畢翠從來沒到學校去上過課，都是家教老師到家中授教。所以，畢翠特別慶幸自己不是接受傳統教育，她說：「感謝老天爺，我的教育方式沒受矚目，我的創造力才沒被剝削，得以保留。」

畢翠說：「我沒有辦法不複製這些美麗動人的東西」，自然景物如此打動她的眼睛，使她不得不畫下她所看到的一景一物，大到山河景致，小到毛毛蟲，她都一筆一劃記錄。然而，她又是另一個無可救藥的浪漫主義者，她說：「我無時無刻都在花草、動物、樹木、苔蘚、菌菇裡，製造影像編造仙子故事。」因此，畢翠的畫法是寫實派的工筆式，但她的故事卻都是浪漫幻想的。就像先前談過丘頂小屋多處場景出現在《三小貓的故事》一書裡的例子，她運用就地取材的景色與動物說出了浪漫與奇幻。湖區一些湖光景色或是小鎮風光就這樣暗藏在她每一本書裡，在《青蛙吉先生的故事》裡，就是以湖為舞台背景，水邊動植物，像是蘆葦、睡蓮、水蟲、水鼠、鱒魚都是故事的重要成員，描繪的形象也相當寫實，但故事本身卻是浪漫而幽默的童話，青蛙吉先生要去湖裡釣魚宴請他的朋友烏龜跟彈塗魚，但吉先生因拙於釣魚

而要被一口吞進一隻
大鱒魚肚裡，還好吉
先生那天穿了雨衣
（因為湖區常飄雨）。
鱒魚難忍雨衣的塑膠
味，而吐出了青蛙，
嚇得吉先生直嚷：
「我再也不要釣魚
了！」

* 《青蛙吉先生的故事》插圖。即使吉先生釣到了
魚，烏龜也不領情，因為烏龜吃素！畢翠的圖把這
幽默表現出來，讓烏龜自己提了一袋生菜去！

　　再看《格洛斯特
的裁縫》一書，這故
事講一個窮裁縫師要
在聖誕夜來臨前趕出
一件要給市長結婚用

的禮服外套，一天夜裡老裁縫工作結束回到家，吩咐他養的
貓出外買食物跟做外套需要的一段縫鈕洞的絲線，老裁縫在
家意外地將貓抓了藏在杯子裡的老鼠給放了。貓回來後發現
他晚餐不見了，便故意將買來的絲線藏起來。那一夜老裁縫
病倒了，數日無法外出工作，他在睡夢中仍惦記著工作跟沒
有買到的絲線。貓最後因為良心不安而悔改把絲線拿了出
來，老裁縫醒來後看到絲線卻發現沒時間完成其他部位的工
作，而相當沮喪。還好，老鼠為了報恩默默幫老裁縫完成所
有的工作，除了那個鈕鈕洞的縫線，所以老裁縫在最後一天
輕易地完成任務，並獲得客人的讚賞。

　　這是畢翠第二個創作的故事。這個故事的創作靈感源自她拜訪英格蘭西南部的大城格洛斯特的親戚時，所聽到的一個真實故事。（而後，畢翠再次聽到格洛斯特真裁縫的後續故事，其實是裁縫師的兩個助理秘密地幫忙完成大衣的。）這個真實故事一傳到畢翠耳裡，她便用童話填補奇妙之處，把故事講得既真實又浪漫。在她的故事裡，人類的衰老孤獨之景不變，但老鼠可以做工，貓咪也可以差遣幹活，雖驚奇卻又務實。畢翠的故事裡，教條的寓意也時常可見，像是《格洛斯特的裁縫》裡老鼠的報恩、貓的改邪歸正，又如《小兔彼得的故事》裡彼得因貪吃而鬧肚子疼，結果被困在花園，一切都是因為他不聽媽媽話的下場。

　　貓會做人類的事：穿大衣、買東西、會內疚改過，卻不會說話只會喵喵叫，類似這種矛盾在畢翠的故事裡還不少，但畢翠並不會特別在文字中刻意解釋，彷彿那是她奇幻國度裡特有的邏輯。所以畢翠小小的書中卻存在著許多這樣的對比：「務實與冒險」、「寫實與浪漫」、「驚奇與事實」、「叛逆跟教條」、「平實與幽默」，這些對比或許在文學技巧上是衝突不和諧的，但恐怕也正是這股和現實若即若離的奇異，如此吸引著讀者。

＊《格洛斯特的裁縫》裡老裁縫日夜趕工的身影。

⊕倫敦的維多利亞和艾伯特博物館
(Victoria and Albert Museum)

V&A 博物館裡的國家藝術圖書館（The National Art Library）自十九世紀以來就開始收集童書，其收藏品包括十六世紀以來世界珍貴的圖畫書數量已近十萬本。博物館另設 V&A 童書插畫獎，在推廣童書插畫藝術上尤其具有藝術成效。V&A 博物館在畢翠那個時期名為南肯辛頓博物館，畢  翠常到這裡寫生，收錄在《格洛斯特的裁縫》裡市長婚禮的外衣，也是畢翠模擬博物館裡一件1780年代的男士背心而來的。館內特別藏有許多畢翠的習作插畫和出版插畫，以及畢翠父親的插畫本，並且定期以畢翠為主題展出作品。

以孩子為本的精神

自1902年以來，從《小兔彼得的故事》到1930年出版的《小豬羅平的故事》共二十三本小書中，諸多動物主角的模樣大受歡迎，一直是文具、餐具、寢具、廚具、服飾等商品的熱門圖形。然而，畢翠在兒童文學史上的貢獻，不只是其周邊商品效應為其背書，作品本身實有里程碑的意義。尤其

*《格洛斯特的裁縫》插圖

是畢翠在形式上的兩項革新,當初因為她堅持「小孩子的書就應該是小孩子讀的尺寸」的理念(手拿得方便之外,也讓孩子有歸屬感),使得她早期出版之途不順,但幸得她堅持自己理念,並證明了她想法的可行,出版社因此願意把書做成適合孩子閱讀的大小。

小兔彼得系列叢書,一百多年來一直奉行畢翠的初衷,依照初版大小印行,這也帶出了二十世紀以來小尺寸幼幼書的出版風潮。另一項革新是畢翠在文圖編排的形式上,她堅持一頁圖一頁文字的模

圖❶ *巴克蓮也將老鼠善於女工裁縫的形象畫進故事裡。

式，間接提高了圖畫的地位與重要性。這樣的形式讓現代圖畫故事書更具雛形，人們開始重視閱讀中的圖像意義與藝術性，不再視插圖為可有可無的配角。除了形式上的革新，畢翠將動物擬人化的田園故事更是開啓英國另一條兒童文學支線，例如艾利森‧亞特莉（Alison Uttley）於1930年代起出版的「小灰兔系列」，在形式與內容上幾乎師法畢翠的作品。新進的創作者像是吉兒‧巴克蓮（Jill Barklem）在1980年代的《野薔薇村的故事》等，也繼續延續畢翠精神。

⊕ 湖區之旅

　　湖區是英國最美麗的地方，湖區也是英國文學之旅必到之地。作家渥茲華斯（見30頁）與畢翠‧波特，像是湖區的國王與王后般，各執成人文學與兒童文學一方，成為藝文愛好者的湖區朝聖地。到北英格蘭的湖區旅遊有幾個考量，該區氣候偏濕冷，四季屬春夏最舒服。要特別注意湖區一些景點只在春夏時節開放，因為這時候的湖區，不管是大城堡或小石屋，都在蒼翠熱情的綠葉與多情嬌羞的花朵映襯下顯得幸福。如果是趙尋兔之旅，旅遊得安排在四月跟十月間，因為丘頂小屋跟霍克斯海的藝廊都只在這期間開放。而「畢翠‧波特的世界」一月間休館，所以得算好時間，免得到時候只有街上的小兔彼得商店可看了！不過話說回來，如果不為捉兔，秋天是湖區最美的時節。因為山林變色，淡黃、深綠、淺褐、深紅相間映著湖光，所有的動植物似乎都欲動還懶，是一種大地就要進入沈睡的神秘時節，有別於精力旺盛的春夏時分，更具迷人魔力。

丘頂小屋（Hill Top）

🏰 Near Sawrey, Ambleside, LA22 0LF

☎ 015394 36269

📋 丘頂小屋的花園跟房子都開放的僅有四
月三日到十月三十一日，星期四五則只有花
園開放，時間是上午十一點到下午四點。

畢翠・波特藝廊
（The Gallery of Beatrice Potter）

🏰 Main Street, Hawkshead, LA22 0NS

☎ 015394 36355

📋 每年的開放時間只有四月到十月。

畢翠・波特的世界
（The World of Beatrix Potter）

🏰 The Old Laundry, Bowness-on-
Windermere, English Lake District, Cumbria LA23 3BX

☎ 015394 88444

🌐 湖區國家公園：http://www.lake-district.gov.uk

📋 除了一月之外，全年開放。

湖區的小兔彼得

圖片引用：圖1引自吉兒・巴克蓮《芭比的寶寶》（經典傳訊）第15頁。

Alan Alexander Milne

哈特牧村的小熊維尼

A. A. 米恩
（Alan Alexander Milne，1882-1956）

只要小熊維尼願意，
他的下巴也可以碰到最下面的欄杆；
可是若能趴在橋上，
把頭從欄杆下面探出去，
看著下面的河水慢慢流走，
則要好玩多了。

——A. A. 米恩《小熊維尼和老灰驢的家》

圖1

怪名字的由來

在中文世界中,迪士尼卡通把Winnie-the-Pooh翻譯為「小熊維尼」,但出版社的書一開始把它命名為「噗噗熊溫尼」,後來也改成「小熊維尼」。怎麼叫好這個又有"Winnie"又有 "Pooh"的怪名,還挺麻煩!

1921年,米恩(A. A. Milne)夫婦帶著才一歲的克里斯多福·羅賓(Christopher Robin),到薩西克斯郡的波林村(Poling)一間湖邊小屋度假。湖裡的天鵝,因為小羅賓發出「噗」(Pooh)的聲音,有了反應向岸邊靠過去,而被取名為「噗」。米恩那時,還打趣地跟小羅賓說:「要是你叫天鵝,

牠不過來，那你就假裝你說的是另一個『噗』，表示你也不希罕牠！』（作者按：英文中 "Pooh" 是表示不悅的發語詞，有如中文的「哼」） 度假期間，每天下午總有六隻牛會來到「噗」的湖邊，來時都會叫上幾聲「哞」（Moo）。因為 Moo 和 Pooh 同韻，米恩對 Pooh 這個名字更是喜愛，之後便把它帶在身邊隨時等著用。原本，米恩打算就把名字用在詩集《當時我們年紀輕》（*When We Were Very Young*）裡的天鵝，但後來沒用成。這個名字一直保留到 1926 年，給了一隻跟這名字一點都不相干的熊。

說到「熊」，還真的有點難分清楚。除了書裡那隻愛吃蜂蜜的熊之外，是真的有一隻熊。喔，不！那得說兩隻熊才行，對！還有兩隻熊，一隻真正的黑熊跟一隻棕色玩具布偶熊。因為棕色布偶熊先出現，所以先說他。他是米恩太太在倫敦高級的哈洛斯百貨公司買的泰迪熊，作為羅賓一歲的生日禮物。這隻熊成為羅賓寸步不離的玩伴，當然也跟著羅賓進入故事裡了，也就是故事一開頭，被羅賓拖著「碰！碰！碰！」走下樓梯的那隻熊（圖2）。

而那隻真正的黑熊，其實才是維尼這個名字真正的主人。維尼是一隻跟著軍團從加拿大來到英格蘭的美國黑熊。這熊因為背後有個感人的故事，又跟軍人感情甚篤，到了英國之後被安置在倫敦市立動物園裡。這也就是為什麼米恩在《小熊維尼》的前言提到倫敦動物園的由來。如米恩所說的，羅賓並不是那種到了動物園就遵循「入口」、「出口」路線的參觀者，他真的跟維尼有親密接觸，這隻熊向來習慣

跟人親近，羅賓特別喜歡去看牠。因為這樣，米恩的詩作裡常出現熊和羅賓逗趣的戲碼。

維尼噗（Winnie-the-Pooh）這名字就是這樣來的，由一隻天鵝跟一隻黑熊的名字結合而作。而那隻玩具熊本來也有他自己的名字，叫愛德華（Edward Bear），這個名字在故事開頭的第一句 "Here is Edward Bear." 出現了一下，是為了介紹玩具熊的出場。不一會兒功夫，父子倆就決定把維尼噗——這個有天鵝又有黑熊的名字——借給愛德華當故事裡的新名字了。

噗噗橋（Pooh's Bridge）

米恩在《小熊維尼和老灰驢的家》那段描述維尼熊跟羅賓倆，趴在橋上看溪水的文字，配上謝培德的插畫，成為讀者最喜愛的經典畫面之一（圖1）。數十年來，小溪依舊低語不斷，為的是繼續傳述羅賓與維尼熊那份動人友誼。

從倫敦驅車前往東南的東薩西克斯郡，約莫一小時就到

達哈特牧村（Hartfield）。哈特牧村的阿旭東林子（Ashdown Forest）是維尼熊、羅賓與其他動物的探險基地，噗噗橋、北極桿、百畝園等都在蓊鬱的林子裡。哈特牧村每年吸引世界各地前來探究的書迷眾多，1907年十來個好漢徒手建造的木橋終於不敵每年數萬人的造訪，幾十年來幾經大修或重建。1999年，當地協會又花了台幣兩百多萬重建，雖然木橋脆弱，但保護協會仍忠於原味不改質材，只在新橋旁邊多個警告標語，提醒遊客不要學著書中的羅賓踏上橋杆，才能延長橋的壽命。

夏日傍晚來得晚，八點時枝葉才襯斜陽，金綠色魔化林子，把線條都給融了，整個林子除了我和同行友人的呼吸聲，奇妙地沒半點聲響，只有婆娑光影。片刻間，幾個小影子在橋上浮動著。「是他們！羅賓、維尼和其他動物伙伴在橋的兩邊跑，一會兒撿樹枝、一會兒趴在橋上⋯⋯」那豈不是，機靈的羅賓用維尼剛發明的樹枝遊戲（Poohsticks），來化解一場跳跳虎與老灰驢之爭的那一幕嗎！

＊阿旭東林子被金色斜陽魔化了。

哈特牧村的小熊維尼

「你楞在那邊做啥?」朋友撿好了兩節小樹枝,遞給我一枝說:「看誰贏!」

「輸了事小,不要像老灰驢摔下去就好!不然就SAD了」我說。(圖3)

圖3

＊噗噗角的店主列出怎麼玩樹枝遊戲的規則,最後附上一句叮嚀:「摔下去就難過了!」難過一字"SAD"其實是Silly And Daft 的縮寫。所以萬一掉下去可不會博得同情,那是自己笨拙的結果。

噗噗角（Pooh's Corner）

　　步出迤邐的樹叢，村口有家醒目的白色小木屋甜暱地向過路人招攬著。就像愛麗絲常去光顧的糖果店成了「愛麗絲小店」一樣，羅賓常去的糖果店，也成為後人憑弔作家、追思景物的「噗噗角」。店裡琳瑯滿目多是亞洲製造的精品，跟質樸寧靜的小村挺不搭，不過跟店主人聊上兩句，在他對這書的過往與人物瞭若指掌的口吻裡，似乎可探得他也寧願留在昔日書中的美好。因談到羅賓日後因為該書聲名大噪而不堪其擾，甚至與作家老爸鬧翻的是非，總是讓人皺眉蹙額、空留嘆息。

＊噗噗角有提供附近的旅遊路線，前往阿旭東林子前可先去探詢。

父子恩怨

自1924年米恩出版的第一本童書《當時我們年紀輕》以及後來的三本續作，都是以羅賓為主角。米恩在書中大方透露羅賓的事，例如羅賓喜歡稱自己為「比利月光小子」（Billy Moon）的事，大人讀來莞爾，卻會變成同儕取笑羅賓的把柄。所以，小熊維尼系列作品受歡迎的程度，跟羅賓對父親的怨恨，是成正比的。一份米恩承認把兒子真名寫進故事為不智之舉的手稿，在2000年首次公諸世人，英國《泰晤士星期天報》報導，1929年米恩在一篇題為〈一些私人恩怨〉（Certain Personal Matters）的散文中寫到：「我覺得羅賓的知名度，已經多於我想給他的。在他長大之後，他將會感受他所得的名聲會超乎他自己想要的。」米恩在文中特別呼籲讀者，要能夠區分這兩個羅賓。

米恩的隱憂並不是庸人自擾，羅賓果然因為盛名之累和米恩的關係陷入泥沼。他結婚後離家數年甚少回家探望父母，連米恩病榻上即將離世，羅賓都沒有趕回去見最後一面。直到父親1956年離世後，這股怨恨才漸漸消退。沒想到，羅賓後來也踏上父親寫作之路，陸續寫了幾本書，1974年出版的《迷人之地》（The Enchanted Places）一書裡，羅賓道出童年故事和父母之間的關係。而1979年出版的《穿越樹林之徑》（The Path through The Trees）及以後出版的幾本書，則是寫他成人之後的生活與哲學寫照。羅賓於1996年去世。

迪士尼讓英美有了嫌隙

依迪士尼強勢的商業手法，總能將一部好好的文學作品通俗大眾化，加上多方面經營，像是書籍、電影、電視卡通、商業產品，往往模糊作品本質，讓消費者以為那些故事的作者就叫做「迪士尼」！我曾經問過幾位台灣或英國的少年、兒童，《白雪公主》、《小美人魚》的作者是誰？他們十之八九回答：「不是迪士尼嗎？」別說孩子，連我問個大人《史瑞克》的作者是誰，大人也是最先想到迪士尼，而不知道威廉‧史代格（William Steig）這號人物。要不，就是會收到一個白眼，外加一句：「管他是誰？看電影嘛，幹嘛那麼嚴肅！」

是可以不要那麼嚴肅。畢竟，商業電影也是八大藝術的一種。不過，就是有少部分的人有追根究柢的本事。他們會找到原著、找到作者的家、或者書中的發源地，想盡辦法要跟原著更親近一些。而這些所謂「少部分的人」，對一個小鎮來說卻是相當多的。《小熊維尼》一書在美國受歡迎的程度不下於英國，尤其米恩太太在1961年把版權賣給美國迪士尼製作動畫之後，美國人更是大方擁抱這個來自母國的明星，每年到訪哈特牧村的書迷以美國跟日本人占前兩名。村子裡的人沒法抱怨來來去去的觀光客，只好怪上電影商。雖然1999年那一次大整修，迪士尼道義上贊助了工程款的近三分之一，但當地的維護協會每回因為應付大量遊客的造訪與維護工作，而顯得捉襟見肘時，總把迪士尼當成頭號債主，屢次向迪士尼陳情或索取贊助經費，迪士尼當然不是每求必應。

説到這個，算起來，這小熊維尼鬧出來的恩怨可真不少，繼作家老爸跟兒子之後，又添了小村子與大公司之間的糾紛。現在更有國與國的對仗，這幾年英國人跟美國人，為了羅賓的五個布偶真品，爭得面紅耳赤。話說從頭，書中那些角色包括小熊維尼、袋鼠媽媽、跳跳虎、小豬、老灰驢等五角，都是羅賓當年的布偶玩具，米恩一說起故事，就把這些玩具都編了進去，謝培德當年畫插畫時，也是依照布偶畫的（圖4）。即使布偶已經破舊得像是被狗咬過一樣，美國人還是鉅資買下這些布偶，奉在紐約市立圖書館裡，為紐約市添上一筆驕傲。這幾年，英國人一直希望美國人物歸原主；美國人卻以「你別作夢了！」（Get stuffed.）來回應。爭玩具本來是小孩的事，最後卻連英國首相布萊爾與紐約市長朱利安尼，都搶著加入這場戰局。可見，這小熊維尼的本尊跟分身，都魅力無窮！

4
※紐約市立圖書館裡的布偶。小豬的尺寸果然是最小。就像米恩在書中說的，雖然小熊維尼是羅賓的最愛，但因為小熊維尼大，而小豬可以隨時塞在羅賓的口袋裡，甚至跟著他到學校上課，所以小豬顯得比較有學問，而小熊維尼連十一乘以二都不會算。

米恩寫得頭暈了？

　　這些虛虛實實的人物跟八卦故事，聽來實在很有趣，可不是嗎！雖然文學新批評主張還給作品獨立的空間，不要把作品的意義跟作者的生平混在一起，但這樣的主張卻很難說服米恩的書迷與研究者。因為作者米恩把自家人物都搬上檯面，字裡行間強調真實的紀錄，又不斷跟讀者對話，老愛把虛構與真實混在一起，要讀者不探究他的生活，實在很難。說實在的，看米恩的書，如果有被米恩故弄玄虛的口吻弄得糊塗的經驗，那可不是讀者頭暈，而是米恩自己寫得頭暈了。

　　該書的敘述結構相當複雜，如果我們把文本獨立，不把真實的作者與他的兒子混淆在一起的話，會發現各層次的對位並不一致。拿第一章為例子，照原文章名"We Are Introduced to Winnie-the-Pooh and Some Bees and the Stories Begin"翻譯的話，應該是「把我們介紹給維尼熊和蜜蜂，然後故事就要開始了！」該章的第二段寫到：

　　　　你一定會說：「可是，我還以為他是男孩子呢！」就像我第一次聽到他的名字的時候，也是這麼說的。
　　　　「我也是。」羅賓應道。

　　其中各個代名詞的關係應該是，「我」是敘述者，是米恩創造出來的說書人角色。而「你一定會說」中的「你」是指影射讀者（implied reader），也就是看書的讀者，跟引言裡

的開頭「你如果碰巧讀過另一本關於羅賓的書……」的第一個字「你」是一樣的。但說書人的聽眾，不只是讀者，還有羅賓。（是那一個在故事裡會講話、聽故事者羅賓A，而不是那個借氣球給維尼的演員羅賓B。）所以，用來指羅賓A的「你」都應該放在對話框內，好有別於閱讀者的「你」的層次。而原文標題的「我們」一詞，指的應該是說書人、羅賓A、小熊維尼（羅賓A手上拿的那個）。也就是當這一行人搞清楚什麼是Winnie-the-Pooh這個新定義的人物之後，故事就開始了。到目前為止，雖然複雜，還是合理的，但是故事開始走了幾段之後，連米恩都搞混了！

　　「真的是我？」羅賓幾乎不敢相信，很驚訝地問。
　　「真的是你。」
　　羅賓沒有再說話，可是他的眼睛越張越大，臉色也越來越紅。

　　這裡的羅賓是羅賓A，所以這裡仍然依照前面的邏輯：羅賓為聽者的其中之一，用第三人稱表示。「你」也只是在正常的對話框裡面出現。但是之後，就出現了：

　　於是，小熊維尼就去找他的朋友羅賓。他住在森林另外一邊的一扇綠門裡。
　　「早安，羅賓。」他說。
　　「早安，小熊維尼。」你回答。

這時候的「你」已經跟開頭那個聽者的「你」使用不一了，羅賓Ａ僭越了同為聽者的讀者，成為唯一的聽者。但此後第三人稱的羅賓Ａ跟第二人稱的你，仍穿插地出現。所以在敘述對位上一直呈現混淆狀態。雖然後面幾章，羅賓Ａ已經退出，「你」和「我」的使用也減少，敘述結構是比較統一的。但在結尾時，羅賓Ａ再次以第三人稱出現。如此看來，米恩的確在第一章，把他身為說故書人與聽者羅賓Ａ的角色關係混淆了。這個敘述的謬誤，也是文本研究者最先注意到的問題。

＊雀兒喜區的馬羅街（Mallord St.）13號是米恩在倫敦的住家，目前已是私人房產，訪客只能在門上看到一個藍色圓匾額，標示此屋曾是作家A.A.米恩的住處。

森林烏托邦

　　然而，這樣的敘述謬誤對一般讀者是無傷大雅的。因為故事中，那些討喜的動物所建立的「人人互助」跟「愚人好施」的理想國，被讀者深深認同。如果說米恩是這故事的造物者，那麼他造出的角色並沒有一個是絕頂聰明的。例如，

哈特牧村的小熊維尼

羅賓為了找「北極」，跟他的同伴們組成一個探險隊深入林子，後來因為小袋鼠掉進河裡，維尼找了一根桿子搭救。因為North Pole的Pole又有桿子的意思，羅賓欣喜地以為維尼找到北極了，於是寫了「北極——是維尼發現的」的牌子掛在桿子上。故事的趣味還不只如此，一開始羅賓煞有其事地指正維尼「探險」一字拼錯了，可是當冒險結束，羅賓要為維尼立牌子時，羅賓也把「發現」那個字給拼錯了（圖6）！故事裡每一個角色包括羅賓，都反應出因侷限而犯錯、鬧笑話的天性，每個角色雖有他們的缺陷，他們心知肚明，卻彼此包容相愛。這就是書中一直反覆出現的文字張力：羅賓常嘲笑維尼是隻老笨熊（Silly Old Bear），卻又不斷重複說愛他。故事裡沒有一個壞蛋，大夥兒腦袋雖小，做起事來卻都古道熱腸。像是老笨熊，他可以蠢得在下一分鐘就忘了自己才剛認真思索的計畫，但是當羅賓穿不上靴子時，他卻能使勁地頂著羅賓的背，好讓羅賓穿上（圖5），或是義氣地幫老灰驢找尾巴、找生日禮物給他，這種傻勁又會讓人愛不釋手。當然，愛死了這隻沒什麼腦袋的老笨熊的，就不只是羅賓一人了！

圖5

＊羅賓正努力穿上靴子要去找北極，但因為只要一用力拉，他的身子就會往後倒而一直無法穿上靴子。小熊維尼正好出現，羅賓要維尼靠在背上幫他，這才穿上。這一幕成為噗噗角商店的招牌。

＊羅賓很神氣的為維尼立牌子，卻把「發現」一字給拼錯了。

圖6

謝培德的鬼叫

　　把這隻憨笨善良的熊畫出來的謝培德，在1969年時，把三百張單色原稿贈送給倫敦的維多利亞和艾伯特博物館（見160頁），後來他也將有些單色的原畫製成彩色版。這些畫已經多次被借出到世界各地展出，也被編成畫冊《噗噗畫布》（*The Pooh Sketch Book*，1982）。2000年時，目前僅知的一張謝培德畫的小熊維尼油畫（圖7）拍賣成交價為十一萬英鎊，合當時台幣五百多萬。一直到現在，有關小熊維尼或作家的相關手稿、原畫、第一版等的收藏物，都還是拍賣會上亮眼

哈特牧村的小熊維尼

的明星。不過，也許大家不知道，謝
培德當年並不是真的拿羅賓的小熊
維尼來當模特兒畫這本書的，而是
借自兒子葛雷罕（Graham）的一隻
名叫「鬼叫」（Growler）的熊。說
來，比起那隻放在紐約市立圖書館
的小熊維尼，鬼叫的命運顯得差多

了，葛雷罕長大後把已經磨損的鬼

＊謝培德替維尼畫的唯一一張油畫。

叫傳給自己的女兒，在第二次世界大戰期間，鬼叫隨家人遷
居加拿大。數年後，鬼叫在蒙特婁花園裡跟一隻蘇格蘭獵犬
打架時犧牲，就此與世長辭了。

＊有學者研究米恩在這個故事中建立了一個明顯的階級制度。米恩操控一切，是最大的主事者。羅賓
　位居於後，羅賓最鍾愛的小熊維尼排第三，小豬第四等等。然而在這個精美的西洋棋中，人類被排
　除於外，因此，小熊維尼晉升國王的位子，而有母儀威嚴的袋鼠媽媽也榮升皇后的位子，個子最小
　的小豬則成為最低階層的士卒。

⊕英式茶會（Tea Party）

　　英國人喝茶的習慣雖然長達數百年，但一般人印象裡優雅的英式下午茶，則是十九世紀中才開始的，所以才又叫做維多利亞下午茶。當時，有一位名叫安娜‧瑪麗亞（Anna Maria）的公爵夫人，因為英國人晚餐吃得晚，瑪麗亞常常等不到晚餐，腸胃就開始咕嚕咕嚕叫。於是瑪麗亞要僕人在午後接近傍晚時準備茶點到她的起居室。安娜覺得這點子不錯，找來姊妹淘共享。這種私密的午茶聚會，漸漸成為上流社會的社交儀式。直到1860年代，掛著「茶室」（Tearoom）的店開始出現在倫敦街頭，廣傳開來後，午茶不再是貴族的專利，喝茶配點心成為一般英國人生活的文化。

＊倫敦麗池飯店的下午茶優雅高貴，是東方觀光客的熱門選擇之一。
　該下午茶得先預約定位，著正式服裝，女士會被要求不能穿褲裝。

朋友到訪英國，總會帶著旅遊雜誌，要求我帶他們到推薦的高檔飯店去享受一下正統英國下午茶。其實，現在英式下午茶所強調的雅致、繁複與豐盛，都是後來的事了，真要傳統，只要邀幾個好友，配上一套雅致的（不一定要高貴）茶具、幾塊麵包、司康（Scone，英國隨處都可看到的小圓麵包），附上一塊奶油或果醬，就是正統的維多利亞下午茶了，並不一定要銀製的三層點心盤、三明治、雕花蛋糕或點心陪襯。但若想要附庸風雅，體會皇家級的午茶饗宴一番，別忘了用茶的優雅，輕取茶杯啜嘴啜茶間，還要面帶微笑！

　　到英國一般人家中作客，便能體會他們不時都在「喝茶」的習慣，並不是只有午茶。像麥可‧龐德的《一隻名叫派丁頓的熊》書裡，派丁頓就愛在午餐前去找波特貝羅街上的骨董商古魯伯先生喝午餐茶（elevenses）（見239頁）。喝茶在貴族圈裡，帶有運籌帷幄、談笑封喉的社交手腕，是種複雜的大人遊戲，卻也是孩子要裝大人玩扮家家酒時，免不了的劇碼，尤其是那種集會式的茶會，更是孩子的最愛。所以，英國童書裡常見茶會的場景，像是小兔彼得系列裡的《三小貓的故

＊「畢翠‧波特的世界」將《餡餅跟餡膜的故事》一書裡，貓兒芮比邀請狗兒妲琪絲到家中喝茶的場景做成模型。

事》，貓媽媽就為了一場姊妹午茶的到來，折騰大半天（見151頁）。又如《愛麗絲夢遊仙境》裡就有一場瘋狂的茶會，帽匠因為在音樂茶會時把歌唱難聽了，

＊故事裡，愛麗絲離去時說：「從來沒見過這麼蠢的茶會！」

惹火了王后說：「真是糟蹋時間，砍掉他的頭。」於是，時間就留在王后說此話時的六點鐘了，帽匠、三月兔跟睡鼠只好一直在那兒喝茶。愛麗絲加入這場茶會，跟他們雞同鴨講之間，也用了茶和奶油麵包。

＊在倫敦牛津廣場的大街園遊會上，有個攤位就是擺出那場瘋狂茶會，讓孩子跟王后、帽匠、愛麗絲用茶拍照。

哈特牧村的小熊維尼

在《小熊維尼》最後一章也有一場歡樂茶會，因為小熊維尼在大水中救了豬小弟，羅賓要幫小熊維尼辦個茶會派對，他用幾塊長木板拼起來做一個長桌子，搬來不同樣式的椅子，老大羅賓跟英雄維尼分別坐在兩頭的主位上，旁邊有老灰驢、貓頭鷹、兔子、豬小弟、袋鼠母子、貓頭鷹。大夥兒圍坐下來煞有其事，當羅賓拿著湯匙敲桌子表示要發言時的樣子，就像一場大人的社交茶會。（圖8）

＊羅賓舉辦茶會派對，以表揚小熊維尼的英勇事蹟。

哈牧特村（Hartfield Village）

從倫敦市的維多利亞（Victoria）車站搭到East Grinstead，或是從查令十字路站(Charing Cross)到Tunbridge Wells。然後轉搭公車291號到哈牧特村。噗噗角商店就在High Street上。再於商店裡取得如何到噗噗橋的指南。如果商店沒開，門口有告示。

噗噗角商店（Pooh Corner）

🏰 Pooh Corner, High Street, Hartfield, East Sussex, TN7 4AE, UK

☎ 44 (0) 1892 770456　📠 44 (0) 1892 770872

🌐 http://www.pooh-country.co.uk

維多利亞和艾伯特博物館（V&A Museum）的

印刷與繪畫研究室（Prints and Drawing Study Room）

🏰 Cromwell Road London SW7 2RL。

☎ (0)20 7942 2563，要參觀必須先打電話預約。

🌐 http://www.vam.ac.uk/

📋 開放時間為星期二到星期六早上十點到下午五點。

倫敦動物園（London Zoo）

🏰 Outer Circle, Regent's Park, London NW1 4RY

☎ 020-7722 3333

📋 倫敦動物園裡的維尼，因為《小熊維尼》一書竄紅，一直活到
1934年才去世，1981年時倫敦動物園為維尼塑銅像，是羅賓擔
任剪綵貴賓。倫敦動物園除了聖誕節該天休息之外全年開放。

倫敦米恩住處

🏰 13 Mallord Street, Chelsea

哈特牧村的小熊維尼

圖片引用：圖1-8分別引用自Brian Sibley, *Three Cheers for Pooh*
第83, 2, 95, 61, 43, 48, 118, 102頁

Roald Dahl

白金漢郡的造反巨人

羅·達爾
(Roald Dahl，1916-1990)

這小女孩嘴一笑，眼一眨
從燈籠內褲裡掏出一把手槍
瞄準這隻動物
碰碰碰，射中他的頭

——羅·達爾《造反歌謠》

當我跟二、三十歲的英國人談起羅‧達爾時（Roald Dahl），往往會是這樣：如果我講起瑪蒂達時，他們會說：「喔～瑪蒂達，還有那個蜂蜜小姐。」如果我說查理，他們會說：「喔～查理，跟那個巧克力工廠的旺卡先生」如果我說小蘇菲時，他們會說：「喔～小蘇菲，和那個大巨人BFG！」對話就像對聯一樣成雙成對。有一次我被問到最喜歡達爾的哪一點，我談起圖書館員跟瑪蒂達說的那段優美的話「別擔心那些書裡你不了解的事情，只要坐下放鬆自己，讓書裡的字流向你，就像音樂一樣。」對方很禮貌地應道：「對啊，那真美妙！不是嗎！」等我回問，她立刻瞇起眼睛切齒地說：「喔～我最喜歡巫婆被惡整、牛棍（TrunchBull）校長被嚇得屁滾尿流……」當下，我立刻矯正了我的虛偽矯情，把答案換成「小紅帽把野狼穿在身上！」然後配合手勢發射手槍，「碰！碰！碰！」

「英國沒有一個小孩不讀達爾的故事。」他們這麼說。

很難想像一個祖籍挪威的人，可以那樣普及於英國文化生活。達爾的父母親都是挪威人，父親年輕時離鄉到英法打拼，最後在英國威爾斯定居下來後，達爾就在1916年出生。達爾的父親事業成功，卻不至於把生活貴族化，而是過著農場般的田園生活，豢養許多動物，一家人都喜愛自然，受傷而獨臂的爸爸為了園藝還親自攀岩收集稀少的物種，媽媽也時常帶他們回到挪威人煙稀少的小島上探險、游泳、釣魚。達爾的父親還沒六十歲就去世，達爾被迫送到寄宿學校參與團體生活。這些在他幼年出現的動植物與在學時期跟同儕之間的趣事，都成為日後他寫故事的重要資料來源。

羅‧達爾兒童展覽遊樂場
(Roald Dahl Children's Gallery)

在倫敦的瑪利樂龐火車站（Marylebone Station）搭往艾斯伯里（Aylesbury），需要一兩個小時的車程。小鎮不大，遊樂場就在古老的聖瑪利教堂旁，離開雜沓的廣場，穿過教堂草坪後，就會聽到兒童細碎的笑語聲，很快的，鮮豔色塊也會映入眼簾。巨人BFG開著鮮黃大門，正探頭出來歡迎大家來到羅達爾的兒童展覽遊樂場！

建築的入口處做成《巧克力工廠的秘密》裡旺卡先生發明的玻璃大升降機，名稱為展覽館，但實際上比較像是遊樂場，在那裡可以鑽進巨大的桃子，可以看到旺卡先生的許多

＊上圖：旺卡先生站在展覽館外面歡
迎大家進入巧克力工廠。
下圖：孩子在飛天巨桃裡遊戲。

發明，各項展覽都以益智型的互動
遊戲方式展示，提供孩子參與。也
有個小屋擺了裝著達爾的書的書
架，給孩子看，牆壁上還有達爾寫
作時的照片。孩子在裡頭玩得盡
興，大人們則在屋外的中庭草坪旁
的茶屋休憩，坐在外頭曬著暖陽、
品著下午茶。屋內孩子傳來的笑聲
全成了一顆顆糖粒在茶裡融化，甜
進人們的心裡。

＊左圖：巧克力工廠的秘密就在遊樂
　場裡頭。
　右圖：站在哈哈鏡前，瞬間變成跟
　BFG一樣高大的巨人。
　下圖：茶屋延伸到屋外樹下。

羅‧達爾博物館和故事中心

(The Roald Dahl Museum and Story Centre)

　　2005年剛開幕的「羅‧達爾博物館和故事中心」設在達爾的家鄉彌賽頓（Great Missenden）小鎮，彌賽頓就在倫敦與艾斯伯里鐵路之間的一站。小鎮純樸，街上的房舍仍保有英國傳統的結構。博物館計畫始於2001年，為一慈善性質的多元事業，是由羅‧達爾基金會運作的一個大型博物館，籌畫多年終於在2005年6月開幕。裡面除了設置靜態的羅‧達爾生前相關史料遺物的展示館外，還有給孩子參與挑戰的互動設施也不會缺席。「故事中心」部分，展演達爾與當代其他作家的創作過程，並邀請駐館作家舉辦說故事的進階研習活動。

＊上圖：2003年還在籌備的「羅‧達爾博物館和故事中心」。
　下圖：彌賽頓小鎮主街上的餐館。

吉普賽屋（Gipsy House）

　　彌賽頓小鎮的主街過了博物館之後，繼續往裡走，在白田巷（Whitefield Lane）右轉，穿過鐵道往裡走進兩旁高起的樹牆小道，就會看見一棟灰頂的白房子，那就是吉普賽屋了。這裡是達爾在1960到1990年去世前跟家人住的地方，所有孩子讀的達爾故事都在這裡誕生。花園裡最引人注目的是一輛藍色與粉紅色的吉普賽篷車，以及樹上的樹屋，這是《咱們是世界最佳拍檔》一書裡的基本場景。「咱」是達爾少數的溫和之作，故事完全以小男孩的第

＊通往達爾家的樹牆小道。

＊達爾家的小門上，沒有門牌號碼，只有釘上寫著「吉普賽屋」
　的牌子。

一人稱敘述，不帶有達爾說故事的調皮口吻。故事裡有些討厭鬼，但沒有超級大壞蛋也沒有可憐蟲，是一對父子過著半離群而居的生活。

故事裡，這對父子為了對付一個喜歡辦野雞狩獵來巴結諂諛達官貴人的商人，乾坤大挪移了兩百多隻野

＊院子裡的吉普賽篷車跟樹上小屋。

雞，讓市儈商人瞠目結舌。父子住的吉普賽篷車跟樹上小屋，都代表著波西米亞式人的精神，對比了英國上流人士玩物的社交生活。達爾藉著書中的爸爸，表達了他對中下階層人民的同情：「我小時候，英格蘭有許多人的日子都很不好過。到處都找不著工作，有些家庭實際上就要餓死。可是在幾英哩之外富人的森林裡，成千上萬隻野雞卻像皇帝似地每

天給餵兩頓飽飯。所以說，你能指責我父親偶然偷獵一兩隻野雞回來給家裡人餬口是做賊嗎？」用這樣的角度切入，達爾不僅把「偷獵」寫得讓人同情，加點機智，更是讓人認同那是「一項無比美妙撼動人心魄的運動」！

達爾把自己的房子取名吉普賽屋，又在院子裡蓋了篷車跟樹屋，坦率表現自己嚮往自由、不喜拘束的個性。達爾讀完高中後，媽媽問他要唸牛津還是劍橋，他卻說：「都不要，我想去那些會送我到美麗遙遠的非洲、中國等地工作的公司上班。」達爾申請工作都專挑有外派機會的公司，進入倫敦貝殼公司兩年後，達爾有外派到東非的機會。那一年，達爾20歲，對於3年外派任期興奮不已。任期還沒滿，二次世界大戰就開打了，1939年，達爾都還沒歸鄉就直接在非洲加入英國皇家空軍。受訓半年之後，達爾就開颶風戰機飛過歐亞大陸各國。這一段驚奇歷險，達爾晚年寫進《單飛‧人在天涯》一書裡。

走過風雨

達爾的故事具有創意、辛辣、黑暗、大膽、刻薄等特質。作者的真實人生也不平淡，吉普賽屋，不只出產讓孩子叫好的故事，也是達爾自家精彩故事的上演舞台。達爾的生活，並沒有因為娶了好萊塢女星派翠西亞‧妮爾（Patricia Neal）、寫了熱門童書，就會「公主與王子從此過著快樂的生活」。他的家庭生活很戲劇化，大女兒七歲時病逝，唯一的兒子車禍後腦部嚴重受創，無法正常生活。和妮爾的婚姻

生活，也因為達爾自己風流韻事不斷，而在1983年宣告結束。妮爾在1962年以《赫德》（Hud）一片拿下奧斯卡最佳女主角獎，在閃光燈追逐下，他們一家大大小小的私事也就跟著曝光，不少有關達爾或妮爾的傳記對他們一家風雨都有所記錄。他們的孩子，面對父母婚姻波折不斷，不時跟達爾有衝突，小女兒還因此染上毒品，讓達爾頭大不已。

吉普賽屋，沒有跟著年近七十歲的達爾漸趨寧靜，反倒是被他不羈的性格，鬧得更是滿城風雨。

寫作小屋

達爾跟妮爾離婚後，同年立刻娶了和達爾同鄉、都是生於威爾斯的芙利絲蒂·達爾（Felicity Dahl），吉普賽屋的女主人至此換手。達爾走過第一段婚姻的風雨，進入新生活後，寫作生活跟著穩定，生產力遽增，多部重要作品像是《女巫》、《瑪蒂達》等都在這時期出現。那時候的達爾，每

＊寫作小屋旁有一顆蘋果樹，後面是片種有幾株小樹的長草坡，除了風搔弄樹葉的聲響之外，一片靜謐。他鍾愛的狗兒查波（Chopper）會陪他到小屋工作，查波死後葬在自家院子裡，立有墓碑。

天早上在用過餐後，就會穿過院子裡的一道樹廊，到他的小屋去寫作。小屋很小，僅容一張書桌跟椅子，但達爾一窩進專屬的高背沙發椅裡，在沙發靠臂上架一個活動的橫板，筆一拿就進入魔法世界裡了。

達爾去世後，芙利絲蒂成立羅‧達爾基金會，並積極地募款在該鎮建立「羅‧達爾博物館和故事中心」。由於芙利絲蒂仍繼續住在吉普賽小屋裡運作基金會事宜，所以吉普賽屋是私人產業，並不開放參觀，除非通過申請審核。不過，為了配合「國際花園計畫」（The National Gardens Scheme）組織的活動，一年有幾次開放參觀的機會。

＊吉普賽屋外的園藝維持達爾生前親自整理的樣子。

巨人情結

達爾筆下的人物，性格鮮明、個性極端，尤其幾個像是巫婆、校長、老太婆、惡霸等狠角色，更是成為經典人物。為什麼達爾塑造的角色「那麼使力」？達爾晚年寫的自傳《男孩：我的童年往事》一書，正好解開了這個謎。因為達爾從小就和這些不友善的大人交手。其中，有個瘦骨如柴、嘴唇有鬍鬚、嘴巴尖酸得跟生醋莓一樣的糖果店主人，對來光顧的小客人相當不客氣。達爾和同學等四人為了出氣，將一隻死老鼠扔進糖果罐。被驚嚇的老太太不甘示弱，到學校去抓人，要校長當場拿藤條好好鞭打這些小鬼，尤其要嚴懲出主意的達爾。達爾還得在冬天時幫學長「溫馬桶」，當學長要如廁時，達爾必須將冰馬桶溫熱。有趣的是，達爾苦中

作樂，在一個冬天的溫馬桶差事中，他在馬桶上讀完整套的
狄更斯作品。還有一位在瑞普敦寄宿學校的老師，惡意栽贓
達爾作弊說謊，不分青紅皂白的校長既數落達爾，又痛打他
六大鞭。

　　達爾寫到的幾個校長，幾乎都是打人不留情的高個兒。
他在該書中形容他小學的校長為「長得像巨人那麼大，他的
臉像塊火腿肉，生鏽顏色一樣的頭髮亂七八糟地爬在他頭
上。」這個校長的巨人形象，具體呈現在《瑪蒂達》裡的校
長「牛棍」女士，牛棍會單手把學生摔出窗外，對學生常常
口出穢言，又以惡整學生為樂。儘管這類角色塑造獲得不少
讀者感同身受的支持，卻也受到教育者或書評家的撻伐。對
於這樣的質疑，達爾堅持自己以孩子的視角來面對他的創作
初衷，他說：

　　　　我對孩子有一份特別的關係，我瞭解他們的困擾。
　　如果你願意找回「活在兒童世界」的感覺的話，那麼你
　　得放下身段：降低手跟腳的高度，整個人矮半截活上個
　　一星期看看。你會發現，你總要抬頭看那些兇殘的巨
　　人，而且他們老愛叫你做這個，不可以做那個。在潛意
　　識裡，這些巨人都變成孩子的敵人。當我寫瑪蒂達的時
　　候，就是以這個理論為根據的。

　　他在「男孩」一書裡揭發瑞普敦學校校長，後來為伊利
莎白女王加冕的英國坎特伯里大主教的惡行，也毫不留情

面。達爾說他沒辦法笑看一個牧師「講一套，做一套」的言行不一，那些行為不僅造成他心理上的傷害，也加重了他對宗教和上帝的質疑。當「男孩」出版時，這一段醜聞引起英國社會軒然大波，達爾雖然沒有指名道姓，但他的描述足夠證明他指的是傑佛瑞·費雪（Geoffrey Fisher）。當時費雪雖然已逝，他的家人與一些該校學生都出來為費雪說話。達爾也沒有為此公開說明，只有後來為達爾作傳的傑瑞米·崔格隆（Jeremy Treglown）針對這件疑案，做了點研究，認為達爾應該把校長跟該校另一個老師給搞混了。總之，真相隨著兩個當事人埋進土裡，只留下自個兒猜測的讀者了。

＊《瑪蒂達》裡牛棍校長的櫥櫃，裡面有她從學生那裡沒收的東西。

醜化女人？

　　可見，那些積壓在小達爾胸中的不平，在達爾寫「男孩」之前，已經找到發洩管道。他把這些人寫進故事裡，使得惡霸角色在他故事裡格外明顯，像是《瑪蒂達》裡那對自私自利、毫無愛心的父母、《怪桃歷險記》裡的海綿姨媽與蜘蛛姨媽、《壞心的夫妻消失了》裡那對互相惡作劇，又虐待猴子、吃小鳥派的夫妻。這些人物的齷齪，達爾寫得毫不留

情，讓人讀來不知道
要為精彩劇情拍案叫
絕，還是要為他放大
的人性劣根而形穢羞
慚？！

　　若再加上性別的
濾鏡，幾個女角色如
《女巫》裡的巫婆，

＊《瑪蒂達》、《女巫》。(Penguin, 2001)

《小喬治的神奇魔藥》裡的老奶奶，一個比一個惡毒殘酷，
又讓女性主義者跳了出來，指稱達爾有醜化女人的傾向，擔
心作品會對小讀者有不良的影響。仔細一推，角色性別的形
塑，在達爾的故事中，還真是一個可議的話題。幾個作品，
像《巧克力工廠的秘密》裡的旺卡先生、《吹夢巨人》裡的
BFG 和《咱們是世界最佳拍檔》裡的父親等男性角色，都是
有創意、慷慨、善良、親和的正派人物！這樣一比，還真的
對女人不大公平。還好達爾筆下還有幾個形象好的女配角，
像是《瑪蒂達》裡的蜂蜜小姐、《女巫》裡的姥姥，和幾個
像是《瑪蒂達》裡的瑪蒂達、《吹夢巨人》裡的蘇菲，與
《魔法指頭》裡的小女英雄。要不是有她們幾個平衡場面，
達爾恐怕難脫「醜化女人」的罪名了。

以小搏大、推翻霸權

　　像這樣喜歡用嘲弄的口吻把人性一些醜陋毫不客氣地在
童書裡揭露，達爾成為書評家以及教育家頭痛的對象，他們

認為「達爾主義」指的就是「厚顏無恥的寫作風格」。不過，達爾始終堅持他的原則：「拒絕虛偽矯情」。

在現實世界裡，達爾無法反擊這些仗勢的惡者，只好在故事王國裡痛擊這些人。達爾的角色塑造在性別上，儘管起了爭議，但故事裡「推翻霸權」的無政府精神——惡有惡報、善有善終的意識型態，還是超越性別議題獲得了肯定。瑪蒂達突然間有了魔法神眼，可以施展特技，趕走鳩佔鵲巢的牛棍校長；小喬治製造出神奇藥水，把壞外婆變不見了；詹姆斯用魔法巨桃帶他逃離苦難。達爾在故事裡用魔法解決現實社會裡「不可能的任務」，讓小老百姓推翻巨人暴政，自由而平等的生活。

因為「巨人情結」，故事裡「以小搏大」的意象無處不在。小不點瑪蒂達幫蜂蜜小姐要回家產。孤兒蘇菲解救了所有小孩，不再被巨人當豆子吃掉。《女巫》裡的小男孩被女巫變成小老鼠後，還繼續跟姥姥合作，消滅女巫大王跟其他的女巫。《壞心的夫妻消失了》裡一隻來自非洲的波波鳥，救了被迫倒立的猴子一家，猴爸爸也以牙還牙，讓壞心的鎚鎚夫婦永遠倒立家中，一直縮小，直到什麼都沒剩為止。

達爾心中的英雄，都是小人物。這讓讀故事的孩子，大大出了一口氣。

達爾的影劇事業

達爾跟影劇的關係，雖然早在1943年起頭，卻斷斷續續沒什麼具體成果。迪士尼原本把達爾的第一本書《飛機小精

靈》（*The Gremlins*）拍成動畫，但計畫卻因為政治、戰爭等因素停止，書也只出了一版便沒有下文。後來他雖然也跟好萊塢女星妮爾結婚，但兒女傷亡事件（兒子車禍，女兒病逝），帶給家庭不少災難哀傷。接下來的十年間，他兩次獲得美國偵探小說愛倫坡獎，但妻子數次中風也讓達爾再次面臨困境。一直到1960年後，達爾的影劇事業才開始撥雲見日。美國將他的懸疑之作，有關戰爭議題的《小心那隻狗》（*Beware of the Dog*）改編成電影《36小時》。他的《巧克力工廠的秘密》在1964年出版時，因為大受歡迎也被片商看中。

＊羅‧達爾的兒童展覽遊樂場裡，展出旺卡先生獨家發明「不融化的巧克力冰淇淋」的製作過程。

　　真正在經濟上拉達爾一大把的是，他寫的007龐德系列電影的劇本《雷霆谷》。達爾早在二次大戰服役期間，便跟007系列作家伊恩‧佛萊明（Ian Fleming）結識為友，達爾相當賞識佛萊明的創作，也相當傾心龐德這位英雄人物。佛萊明在《雷霆谷》1964年出版時便去世，正當達爾妻子妮爾中風的時候，好萊塢一片同情之中，促成達爾編寫劇本的機會。妮爾當時笑稱，達爾為龐德編劇的費用勝過她當女演員獲得的所有酬勞。達爾也因為此次工作獲得注目與信用，隔

白金漢郡的造反巨人

年，片商又找達爾為佛萊明的童書《飛天萬能車》編劇，將之搬上大銀幕。現在這部作品在倫敦與紐約都是相當受歡迎的音樂劇。

達爾把幾次編劇的獲益，投資在自己的創作事業，因為先前童書寫作的成功，讓達爾決定轉移重心。如果寫作是一種礦業投資，而童書是某一個礦床的話，那麼羅‧達爾的確探到一個價高又物豐的礦床。從1961年《怪桃歷險記》出版以來，達爾持續出產童書《巧克力工廠的秘密》（1964）、《魔法指頭》（1966）、《狐狸爸爸萬歲》（1970）、《查理與玻璃大升降機》（1972）、《壞心的夫妻消失了》（1980）、《小喬治的神奇魔藥》（1981）、《吹夢巨人》（1982）、《女巫》（1983）、《瑪蒂達》（1988）等，越是晚期創作越達高峰。

達爾的作品幾乎都被改編成戲劇、電影與動畫了，其中《巧克力工廠的秘密》於1971年首度被拍成電影後，跨一個世紀隔三十餘年，提姆‧包頓又找來當紅小生強尼‧戴普重拍，於2005年暑假上映，可見達爾主義歷久彌新。在英國人心目中，只要金字招牌「達爾礦坑──專門出產故事」掛著，就不需要擔心礦坑有枯竭的一天。直到1990年，七十四歲的達爾去世，英國最豐饒的礦坑面臨關閉，英國人感覺是「失去一項重要的國家資產」。

最佳拍檔：昆丁‧布雷克（Quentin Blake）

英美兒書界裡的一項趣談，就是「如果英國的達爾跟美國桑達克合作，是多麼一件有趣的事啊！」是啊，這兩個人

＊2004年，倫敦Somerset　House為布雷克插畫創作
　生涯五十週年設展，展出他年輕時代為報章雜誌做的
　插畫以及童書作品，其中，達爾的故事插畫佔了相當
　大的比例。

的確在1960年代有可能成為童書史
上的最佳拍檔，卻讓機會溜掉了。
當時，達爾在看過桑達克的作品
後，把他推薦給出版社作為插畫家
人選。但桑達克卻因為在忙著《野
獸國》這本書，無法配合對方的工
作檔期。這兩個英美童書創作大
師，就這麼失之交臂了。不過十幾
年後，也就是七〇年代晚期，達爾

遇上他真正的最佳拍檔：昆丁‧布雷克。

現在，每個讀者都不禁要說：「哪一個文圖拍檔，可以像布雷克跟達爾這樣，讓人叫絕！」

1999年，布雷克從英國伊莉莎白女王手中獲頒第一屆「英國童書桂冠獎」的至高獎項，足以說明布雷克也是英國童書界的另一個傳奇。達爾遇上布雷克時，布雷克已經是倫敦皇家藝術學院插畫系的系主任，而且也出版許多自己的童書，贏得各項獎項。在布雷克之前，有不少插畫家跟達爾合作，但銷量證明了布雷克獨具的功力，每一本布雷克跟達爾合作的版本都創下相當的佳績。他們兩個對插畫都相當費心，花很多時間在討論與修正。布雷克順手就能抓到達爾的味道，讓故事鮮活地在讀者的腦子裡演出。一說到達爾筆下的人物像是BFG、女巫、旺卡先生等，英國人先想到的是布雷克畫出來的模樣。「達爾—布雷克」簡直是天作之合的代名詞。

＊布雷克自畫像。
(Jonathan Cape,2000)

布雷克目前是皇家藝術學院的榮譽客座教授，雖偶有授課，但他花更多時間在社會的推廣事業上，擔任不少重要組織的推手。他設計了一枝可以畫出多彩的色筆，好鼓勵孩子在紙上創造屬於自己的繽紛世界。布雷克在孩子面前，是個握有魔筆的大爺爺，就像他的自畫像一樣，既親切又神奇。

⊕全民來藝術（Art On The Square）

＊晚會在拉下由一四四幅油畫拼貼完成的巨幅畫中達到高潮。

2004年9月26日，倫敦市在國家藝廊前的大廣場舉辦一場相當盛大的「藝術廣場上」（Art On The Square）的全民藝術活動，動員數百位畫家、藝術表演家參與一整天的活動。晚上在BBC交響樂團的演奏下，數十位工作人員把一四四幅畫家於當天畫好的油畫，拼貼在國家藝廊前。

＊整個特拉法加廣場白天到夜晚都萬頭攢動，包括旁邊的聖馬汀教堂、納爾遜紀念柱，都
　在藝術家畫筆的渲染下更加迷人。

＊布雷克轉身問著，還要畫誰啊？達爾主義在布雷克的筆下繼續宣揚著。

　　當天活動，由布雷克擔任主要開場來賓，工作人員也到處散發布雷克畫的小畫本。為了帶動大家動筆畫畫，布雷克當場揮毫，當他問問觀眾要畫什麼時，後面大人小孩此起彼落喊著BFG、蘇菲、蜂蜜小姐⋯⋯達爾順手把他們都畫出來。可見，在英國人眼中，達爾跟布雷克的關連密不可分！

白金漢郡的造反巨人

213

＊達爾在小屋裡寫作的情形。（拍攝自遊樂場裡的照片）

不倒的達爾巨人

　　2000年3月英國的國際讀書節，做了一項全國票選，達爾在強手中脫穎而出，成為英國人心目中最喜歡的作家。珍‧奧斯汀的高尚雋永，史蒂芬‧金的驚聳刺激，都不敵粗俗厚顏的達爾主義。達爾式的故事容易消化，讓人印象深刻，使得他是BBC大閱讀活動中，在前一百名裡，為同一作家作品數量入選最多（五本）的人選。儘管達爾曾經獲選英

國最受歡迎的作家，但達爾的作品卻沒能進入BBC大閱讀的前二十一名榜單上。這項結果，倒是給英國文學界一項安慰，一直以來學術界對達爾作品文學性的貧乏頗有暗示，票選結果也證明達爾的作品終究是以流行、暢銷、樂趣為取向。

達爾放肆無禮的幽默，還有不少崇拜者。美國正紅的《波特萊爾大遇險》系列書的作家雷蒙尼·史尼奇（Lemony Snicket）就是達爾主義者的一員，當電影搬上大銀幕，他被問及故事中那些悲慘事件的靈感來源時，他說他受羅·達爾跟愛德華·句利（Edward Gorey）影響很大，「他們兩個是又邪惡又好笑的作家，現今這個世界，我們不能再忍受給孩子教條書了。」從《波特萊爾大遇險》出版物與改編成電影的銷售佳績，說明了達爾主義在二十一世紀依舊炙手。

達爾造反作樂的特性，尤其凝煉在他1982年出版的《造反歌謠》（Revolting Rhymes）一書裡，達爾用他那枝尖酸戲弄的筆重寫了六個老童話，包括灰姑娘、傑克與豌豆、白雪公主、小紅帽、三隻小豬，配上老搭檔布雷克不修邊幅、狂野的插圖，又是一個「達爾—布雷克」的經典。故事裡有些場景實在粗俗，話語也挑釁。但是這一次，女性主義者卻莞爾笑了。讀讀看，達爾的小紅帽見了佯裝奶奶的大野狼，是怎麼說的：

> 「奶奶，你的耳朵怎麼那麼大呀？」
> 「為了聽清楚你的話呀！」野狼回答

「奶奶，你的眼睛怎麼那麼大呀？」小紅帽説。

「爲了看清楚你呀！」野狼回答

他坐在那裡看著她笑，想著，我就要吃掉這個孩子
啦。

跟她奶奶比起來，她嚐起來肯定像魚子醬。

接著小紅帽説：「奶奶，你身上穿的毛皮大衣多麼
棒呀！」

「你説錯了！」野狼大叫，「你忘記告訴我，我的
牙齒好大呀！」

「嗯，不管你怎麼説，
我都要吃掉你。」

小女孩嘴一笑，眼一眨，
從燈籠內褲裡掏出一把手槍，
瞄準這隻動物，
碰！碰！碰！射中他的頭。
幾個星期後，在森林裡，
我遇見帽子小姐，
眞是驚奇！她穿的不是紅色外套，
也沒有可笑的帽子在她頭上。
她説：「哈囉，記得寫下：
我這件超棒的狼皮大衣唷！」

羅‧達爾兒童展覽遊樂場
(Roald Dahl Children's Gallery)

🏰 Church Street, Aylesbury, Buckinghamshire. HP20 2QP

☎ 01296331441

🌐 http://www.buckscc.gov.uk/museum/dahl/index.stm

📋 從倫敦的瑪利樂龐車站（Marylebone Station）搭往艾斯伯里（Aylesbury）。開放時間基本上為早上十點到下午五點，星期天為下午兩點到五點，但配合學校學期時間，有些月份只開放下午兩個小時。詳細時間請上網查詢。

羅‧達爾博物館和故事中心
(The Roald Dahl Museum and Story Centre)

🏰 81-83, High Street. Great Missenden. Buckinghamshire. HP16 0AL

☎ 01494 892192

🌐 http://www.roalddahlmuseum.org/default.aspx

📋 與羅‧達爾兒童展覽遊樂場在同一條鐵路線上，位於倫敦與艾斯伯里之間，開放時間為每星期二到日的早上十點到下午五點。

白金漢郡的造反巨人

倫敦車站的派丁頓熊

麥可·龐德
（Michael Bond，1926- ）

布朗先生和布朗太太第一次遇見派丁頓，
是在一個月台上。
這就是爲什麼他——一隻熊——
會有一個這麼奇怪的名字，
因爲派丁頓是一個車站的名字。

——麥可·龐德《一隻名叫派丁頓的熊》

讓我們隨著以下的劇情想像一下畫面：在秘魯的一個山洞裡，住了三隻熊，熊爸爸和熊媽媽，和他們剛生下的熊寶寶。有一天，森林裡發生大地震，小熊的爸媽都被石頭壓死了，小熊因為身子小逃過一劫，被嬸嬸領養。年紀大的嬸嬸，為了小熊的將來，從小教他英文，希望小熊有一天可以移民英國另謀生路。幾年後，嬸嬸實踐了小熊的移民計畫，把他送上一艘開往英國的大船準備偷渡，小熊藏在救生艇裡，以喜愛的橘子醬果腹。大船上岸後，小熊輾轉搭車到了倫敦的一個車站。下車後，他看到車站裡川流不息的人潮，突然不知道自己接下來要往哪裡去。他看到旁邊堆放了一堆郵件布袋，就把自己的木頭行李箱橫擺在那裡，坐在上面看著行色匆匆的人們。

另一頭，布朗夫婦也匆匆地趕到火車站，他們要將從寄宿學校回來的女兒朱蒂接回家。那是一個炎熱的夏天，車站裡擠滿人群，有些人是到車站搭車前往海邊避暑的。整個車站裡裡外外都鬧哄哄的，火車鳴笛聲、計程車喇叭聲、搬運工人穿梭叫囂聲。大家都急著往自己的方向去或找到自己的親友。布朗夫婦擠進了車站大廳，也不斷前後張望朱蒂的身影。就在這時候，布朗先生先看到月台上，有一隻坐在行李箱上的「小熊」。

以上就是《一隻名叫派丁頓的熊》（*A Bear Called Paddington*）第一句「布朗先生和布朗太太第一次遇見派丁頓，是在一個月台上……」的時空背景。布朗夫婦與朱蒂知道了小熊的身世後，決定把他帶回家領養。小熊一進布朗家

門就開始鬧笑話，雖然布朗一家人不覺得好笑，可是讀這書的人可要準備足夠的笑聲，好用到書的最後一頁。這位從南美遠道而來的小熊，後來變成倫敦代表性的玩偶。沒來過倫敦的人，尚且認識大笨鐘跟倫敦塔橋，但如果人都來了，還不認識這小子，可就跟派丁頓初到倫敦鬧的笑話一樣，糗大了！

1957年的聖誕夜

1957年聖誕節的前一天冷颼灰暗，在BBC廣播電視公司擔任攝影師的麥可‧龐德（Michael Bond）下班後，在回家路上為了躲避惡劣的天氣，縮著脖子、拉著大衣領子鑽進了一家百貨公司。龐德心想，可以順便幫妻子帶個禮物。進了有暖氣的大樓，龐德暖和的雙腳走向玩具區，迎面而來的是一隻面容憂愁的小熊。架子上空空的只剩下小熊一個，龐德看了立刻明白小熊的心事。他抓起小熊的手，一路帶他回到在派丁頓車站附近的家，送給了妻子。

幾天之後，龐德坐在壁爐旁的打字機前發呆，他對旁邊的小熊唸著：「唉啊，你可開心，換我憂愁了。我要打什麼好呢？」不一會兒，打字機動了起來，幾聲滴滴答答之後，那段文字「布朗先生和布朗太太第一次遇見派丁頓，是在一個月台上……」就出現在龐德眼前，這些字似乎有了魔力，讓龐德急著知道接下來的發展。打字機又滴答滴答工作了八天，一天一個章節。就這樣，《一隻名叫派丁頓的熊》誕生了。破天荒的，第一次出書的龐德，立刻成為「非常暢銷」的童書作家。

2004年的派丁頓車站

為了重建現場,勢必得走一趟派丁頓車站。位在倫敦西北方的派丁頓車站,是通往西半部城鎮的主要車站。雖然是個繁忙的大車站,但特別的是,它並沒有一般車站的門面。車站外頭是個大飯店,要進入車站得從飯店大樓的側門進去。我順著斜坡走下去,自然以為又會鑽進像其他倫敦地鐵烏漆麻黑的涵洞裡了。可是意外的,越往裡面走,越覺得寬敞明亮。仰頭之間,被屋頂上的繁複圖樣與它透過來的光給迷住了。

一位老先生湊過來問:「小姐,你需要幫忙嗎?你要到哪裡去?」我看著他,有些茫然,一時也糊塗了。「你知道

＊旅館與車站是在一九五四年時完成啟用的,當初名為大西部（The Great Western Hotel）的飯店現在改名為希爾頓。

你要去哪裡嗎？」老先生盯著我又問了一遍，並指著前方的
售票亭說：「要先去那兒買票啊！」

　　「喔，」回了神，我才說：「我哪裡都不去，我來找派
丁頓，你知道的，派丁頓——熊！」

　　「喔，那隻傻熊啊！」老先生笑容乍現，呵呵笑出聲
來。

　　「對，就是那隻傻熊，沒錯。你知道去哪兒找他嗎？」

　　「他啊，多著呢，到處都是他。那裡、那裡、那裡……」
老先生的身子隨著他的手正好轉了一圈。「不過剛到車站的
那一隻，是在那裡。」老先生往後方一比，還眨了個眼。

＊車站是從飯店大樓的旁邊進入的。

⊕派丁頓車站 （Paddington Station）

　　1851年英國舉辦的世界博覽會揭開工業革命序曲，隔年派丁頓車站開始建造，歷時三年才完工。車站，除了是交通要道，也是以維多利亞風格建造的重要建築之一。其建築風格以新藝術流派（Art Nouveau）的植物與動物樣式為主，車站的車棚是二個圓拱構成的鐵桁架為屋頂。這些圓拱屋頂有一八九個裝飾繁複的鐵肋條，每隔三個肋條便配置一根鑄鐵柱作為結構支撐。在1916年增加第四個圓拱的時候，為了維持建築師最初的設計，依舊採同樣樣式，但以更耐用的鋼鐵柱取代了鑄鐵柱。儘管繁複裝飾的鐵柱加重了人為的設計感，但自然光線的考量，使得建築物在美感與自然之間取得平衡。

＊明亮的自然光來自鏤空設計的圓頂屋棚。

＊英國維多利亞時代的畫家威廉‧包威‧佛斯（William Powell Frith RA，
1819-1909），他一生最著名的兩幅畫之一就是1862年畫的〈火車站〉（The
Railway Station），也就是派丁頓火車站。在畫中，佛斯把當時車站圓拱屋頂的
鋼骨設計畫得相當寫實。

我循著老先生指的方向走去，看到一位身著粉紅衣服的小女孩，正扯著派丁頓說話，一下子跑向媽媽懷裡咬耳朵，一下子又回到派丁頓那裡嘀嘀咕咕，不知道是不是在居中斡旋，也想帶他回家！這尊銅像一直到2000年2月24日才設立，由龐德親自到場揭幕。也許是幾十年來，太多大人小孩要來車站找派丁頓卻落了空，車站決定設個銅像讓讀者如願。我不好意思跟小女孩搶位子看派丁頓，便在車站裡繼續繞繞，還真的找到不少派丁頓的分身，有在牆上的、在櫥窗裡的、還有在中庭商店小花車上的。

＊有個小女孩在車站裡跟派丁頓玩了許久。

※火車站月台的牆上畫有派丁頓遇上布朗先生的壁畫。

※左圖：故事裡的派丁頓就是坐在失物招領中心附近，而現在火車站的行李保管中心，
櫥窗裡也擺個巨大的派丁頓布偶。
右圖：販賣派丁頓相關產品的小花車，在車站裡是最搶眼也是最熱鬧的。

非洲沒有熊

　　不只在派丁頓車站，在英國，隨處都有派丁頓的影子，尤其是觀光禮品店。經典的泰迪熊店裡，暢銷的模特兒除了維尼熊，另一隻肯定在架上一字排開的，就是穿著藍粗呢大衣、戴著紅帽的派丁頓了！派丁頓穿大衣戴大帽、愛吃橘子醬，都是英國人熟悉的事。說來，這些特色得來便利，龐德在寫這故事時的平常打扮就是那模樣，也愛吃橘子醬。龐德用了八天的閒暇時間完成派丁頓的故事後，立刻將稿子寄給出版經紀人哈維‧烏納（Harvey Unna）。奇怪的是，烏納沒對「熊怎麼可能會說話，還在倫敦生活？」、「故事裡怎麼都沒人對一隻熊突然出現在城市的事有質疑？」等這類邏輯問題反問，倒是對「熊的出處」有了意見。在初稿中，小熊來自非洲，烏納回給龐德的信說：「我認為它將會是一個好出版品，我很喜歡這個故事。但是，我的同事說非洲沒有熊，非洲的亞特拉斯熊已經絕種數百年了。孩子們要不都知道，就是即將會知道。所以我建議你做些修改，很多熊在亞洲、歐洲或美洲，還有很多在證券交易所！」

> 　　股市有個專用語Bear Market，稱為熊市或是空頭市場，表示不看好股市前景，認為股價將會大幅走軟。烏納在信裡幽默地調侃龐德應該要對熊多所認識。

　　被幽了一默的龐德，到西敏寺圖書館和攝政公園裡的動物園研究一番，把派丁頓的家鄉改成南美的秘魯，才把故事

寄回給烏納。沒多久，英國幾家童書的出版社都讀過《一隻名叫派丁頓的熊》這個故事，大家讀來都津津樂道。最後是由哈波‐柯林斯（HarperCollins）提出七十五英磅預付款、版稅百分之十的優渥條件，奪得了出版權。這些事，僅僅發生在1957年年底到隔年2月10日短短的兩個多月間。出版

圖1

＊由芙特能繪製的派丁頓，車站裡的派丁頓銅像便是依照芙特能的版本塑像。

社找了佩姬‧芙特能（Peggy Fortnum）插畫，芙特能快意的鋼筆線條，很快地抓到龐德筆下的派丁頓（圖1），龐德沒有介入芙特能的插畫工作，對作品也非常滿意。那年冬天，這本書順利出版。書一上市，還不到聖誕節就再版，變成該年最受矚目的童書。出版社鼓勵龐德繼續創作派丁頓的故事，十餘本派丁頓系列故事也就陸續出爐。

派丁頓圖畫書

　　到了九〇年代時，美國的柯林斯出版社為了改版成圖畫書，找了羅伯‧艾利（Robert Alley）重畫派丁頓的故事（圖2）。由於芙特能以鋼筆畫的派丁頓已成經典，出版社跟龐德

物色新插畫家時也以鋼筆畫見長的人選為優先，艾利因此接下了新任務。

因為形式不一樣，龐德對圖畫故事書的製作也有不同的態度。龐德花很多時間跟艾利溝通，倒不是因為龐德不滿意艾利的作品，而是圖畫書的圖畫所占的比例大多了，艾利除了畫出劇情外，還得畫出文字沒交代的場景。加上龐德的故事又有地緣關係，像是倫敦英式的街景、屋舍、穿著等細節都增加艾利工作的困難。例如《派丁頓逛遊藝會》（*Paddington at the Carnival*）一書的場景在派丁頓車站附近的小威尼斯運河，龐德自己拍了四百多張照片寄給艾利，好讓艾利佈局恰當。雖然

＊由艾利畫的圖畫故事書版本，在1990年代開始出版。（HarperCollins）

雙方書信往返頻繁，彼此都花了很多功夫，但隔海捉摸場景對艾利來說，還不是最棘手的。艾利覺得整個工作最大的挑戰，是如何畫出派丁頓那張特有的表情：堅定（因為他認真地做事）卻又帶著疑問（對新鮮世界的不解）的凝視眼神。最難的工作，也成為艾利最享受的部分。

※艾利成功塑造了派丁頓到布朗家的新裝扮：「紅貝蕾帽與藍色粗呢大衣」，成為周邊產品主要製模的樣子。

派丁頓穿戴著大戰記憶

回到故事的開頭，當派丁頓在車站被布朗夫婦發現時，脖子上繫了一塊牌子，牌子上寫著：「請照顧這隻熊，謝謝」。布朗太太當時就是看到這牌子，心生不忍，才努力說服不願惹事的布朗先生，讓小熊跟他們回家。

對我們來說，被繫上牌子的派丁頓看起來逗趣，是因為他像個被貼上標籤等待買主的大玩具。可是對英國人來說，那副樣子卻是有著沉痛的歷史記憶的。英國在二次大戰時期，男人上戰場，部分女人也從事後方的支援工作，孩子原本還置身事外，但就在1939年德軍決定轟炸倫敦時，英政府為了保護下一代，下令首都與近郊大城的孩子都必須疏散。歷史記載著，在英德開戰的前三天，便有將近一百五十萬個城市兒童被撤離。幾天之後，總共有超過三百萬個兒童被疏散。當那麼龐大的兒童忽然被召集在各大火車站，可想當時車站慌亂的情形，有些家長以生離死別的方式跟孩子道別，孩子因而害怕哭鬧；有些家長騙說那是一場遠足，孩子抱著心愛玩偶、天真燦爛和玩伴嘻笑。而官方為了行事效率，就把名牌直接繫在孩子的脖子上。孩子背個小手提箱，就等著被一輛輛火車撤離到鄉間去。來不及做什麼事

＊派丁頓坐在自己的木箱上，脖子上還綁著一塊牌子。

的家長，只能在孩子的隨身行李裡夾封信件給不知名的托顧者，信裡多半寫些孩子的生活習性，以及類似「請你照顧這孩子，謝謝！」這樣的隻字片語。

⊕戰爭與童書

　　兒童與戰爭雖然沒有直接發生關係，但是戰爭在英國兒童文學裡卻是一個主要議題，尤其是城市兒童的疏散歷史。許多重要的寫實作品都說著這樣的故事，像是尼娜‧包頓（Nina Bawden）的《凱莉的戰爭》（*Carrie's War*，1973）與米歇爾‧梅格萊恩（Michelle Magorian）的《晚安，湯姆先生》（*Goodnight Mister Tom*，1981）（圖3）。而奇幻之作，著名如路易斯的《納尼亞魔法王國》系列裡的《獅子‧女巫‧魔衣櫥》一書，也是開始於這樣的場景：

　　　　從前有四個孩子，名字分別叫做彼得、蘇珊、愛德蒙和露西。他們在戰爭期間，由於倫敦遭受空襲被送往別處去避難，因而展開了下面這個故事。他們到鄉下去跟一位老教授同住……。

　　一場戰爭讓這四個孩子脫離了殘酷的現實，進入奇幻的時空裡，開啟了納尼亞的春秋史。事實上，路易斯當年就是遇上這樣的事情，因為收留了幾位被疏散的孩子，而啟發他寫這個故事的。（見257頁）

　　當孩子被迫與家人分離，到陌生的家庭寄宿後，命運就大

不相同了。幸運的孩子，在戰爭結束後還能跟家人重逢，但有些孩子就此成為孤兒。有些孩子遇到好家庭有段好時光像是度假，但有些孩子卻受到寄宿家庭的虐待，或不當照顧而病死他鄉。也有像《晚安，湯姆先生》裡寄宿家庭領養失去雙親的孩子這樣的溫馨結局。這些被撤離者彼此之間有些共同的回憶與心情，在他們長大後還組了「被撤離者聯合協會」，彼此聯繫、定期聚會。1999年，也就是英德戰爭六十週年，協會在倫敦西敏寺舉辦一場盛大的追悼紀念會，當時

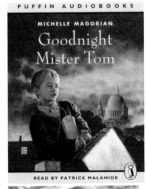

有數萬個英國人參加，他們刻意在脖子繫上名牌，有些人還帶著當年撤離時隨身帶的娃娃和小熊，情景猶如當年，只是孩子都成了鶴髮蒼顏的老人了。

全然的快樂

因為龐德在大戰期間，服務於英國皇家空軍，戰後，他在創作時難免帶有大戰的影子。也因為派丁頓的父母雙亡，

又被迫離鄉隻身來到異地，處境像極了這些在戰亂中繫著名牌的孩子，龐德便把小熊的裝扮做此聯想。另外，故事裡的鳥太太（Mrs. Bird）也是戰爭下的典型人物，大戰後那些失去丈夫的婦女，多半會到親戚家當廚師或家管以餬口。還有那位在波特貝羅市集工作的匈牙利人骨董商古魯伯先生（Mr. Gruber），也是因為戰爭被迫離開家鄉到他國謀生的典型角色。這些都是龐德在真實生活與工作中，經常碰到的人物。

有趣的是，龐德不處理戰爭議題，卻也沒濾掉戰爭的產物，他把戰時的兒童形象加到派丁頓身上，也寫了鳥太太、古魯伯的角色，但作品沒有一點火藥味。相反的，派丁頓在離開家園後，帶給寄養家庭的，是全然的新鮮與快樂。能以戰爭為背景卻創造出一個喜劇作品，實在要歸功派丁頓幾乎完美的個性。龐德塑造的派丁頓，雖然有一般小男孩的莽撞，卻沒有成見、沒有怨恨，是個好個性、堅守原則、處處為人著想、樂於助人又足智多謀的小傢伙。

派丁頓不是一個刻意耍寶的諧星，他只是本著個性行事、踏實生活的小傢伙。只是，派丁頓身為一個「非人」的動物，在人與非人之間捉摸不定，自然就趣味橫生。怎麼說呢？派丁頓第一次上街在地鐵裡走失的那回，他在往下的電梯上，聽到了另一頭，搭著隔壁電梯往上的布朗太太與朱蒂叫他。派丁頓一看見他們便一股腦兒轉身往上跑，小手小腳的他爬著往下走的電梯實在吃力，不幸又迎面撞上一個趕時間往下衝的胖子。頓時，派丁頓跟一堆人都滾下了電梯。小

傢伙驚慌之餘不忘鎮定，他瞧見寫著「遇到緊急事件要停止電梯，請按緊急按鈕」的牌子。那情形對一隻小熊來說夠緊急了，他趕緊按了鈕。這一按，地鐵裡的人都以為鬧火災而四處逃竄。一陣慌亂之後，警察過來要開派丁頓罰單，因為按鈕旁也註明「不當使用要罰五十英鎊」。當布朗太太與朱蒂趕來為派丁頓求情時，警察嚇斥：「不能拿不懂法律當藉口啊，每個人都應該遵守規則的。」這時，朱蒂立刻機靈答道：「你說是每個人，卻不是熊啊。」趁警察糊塗之際，朱蒂還補上一句：「喔，謝謝你。你真是我遇過最友善的警察了！派丁頓，你一定也這麼認為吧？」還一臉糊塗的派丁頓立刻點頭應聲：「嗯，我以後得常常搭乘地鐵，我敢說地鐵是倫敦最棒的地方了。」這一說，把警察的臉弄紅了，朱蒂跟布朗太太也就趕緊拉著派丁頓開溜了。

＊位在巴斯（Bath）的派丁頓禮品小店「派丁頓跟他的朋友」，於1981年開幕，是第二家連鎖店。僅次於1978年在倫敦開幕的第一家店。

　　想到什麼就去做又喜歡嘗鮮的派丁頓，就是一般孩子的個性。派丁頓所做的每件事，都是孩子會做的。那些事，在讀者看來是有趣的冒險，但孩子或是派丁頓做起來可都認真得很，只不過他們以為理所當然的事，看在大人眼裡卻是錯的。派丁頓因為對人類社會的不解與誤解，常常弄巧成拙、無心插柳，糗事也就一籮筐了。所以，不只小孩愛讀派丁頓的冒險，大人讀派丁頓的故事，也會啼笑皆非地說：「唉啊，我們家也有個派丁頓！」

和平大使派丁頓

　　就這樣，派丁頓從一個非法偷渡的移民，變成倫敦客的好朋友。他的故事，英國孩子朗朗上口，派丁頓也成為英國觀光事業的重臣之一。面對多元發展的需求，龐德在七○年代成立了一家名為「派丁頓與朋友」的公司處理派丁頓全球的版權發展事宜。隨著圖畫書續集的出版，像是《派丁頓到醫院去》、《派丁頓在花園裡》、《派丁頓上菜市場》等，派丁頓有了多樣的造型打扮，相關產物也更多元。派丁頓第一次上英國BBC電視卡通頻道，是在1975年，那時候的卡通是一個立體的玩偶在平面插畫上表演，僅由一個人擔任所有角色的發聲。現在的版本，則是1990年代由加拿大公司重新製作的。免不了的，派丁頓的故事也曾被改編成音樂劇在倫敦知名的劇院上演。隨著英國人對派丁頓的認同，龐德讓樂於助人的派丁頓有機會回饋世人，擔任英國行動醫療研究（Action Medical Research）募集慈善款項的吉祥物，為該單位

募得數百萬英鎊的基金，作為研究全球疾病用。

　　和其他受歡迎的童書一樣，此書成功後多方位地發展，多少掩蓋了原作品的特性。尤其他憨厚的樣子實在討消費者歡喜，不過不能忽略的，它的確是個文圖兼具、逾三千萬本銷量的出版品。值得注意的是，故事裡動物與人，或是不同國籍的人皆能和諧共存的烏托邦精神，給了戰後英國人或其他國家讀者精神上的安慰與愉悅，作品的竄起也就間接傳達了人類「在戰後渴求和平」的內在聲音。說來，派丁頓很適合擔任世界和平的大使呢！

⊕波特貝羅市集（Portobello Market）

　　波特貝羅市集是倫敦著名的市集之一，自地鐵Notting Hill Gate出來後，隨著人群走就會尋著。該市集，因為英國小生休・葛蘭跟美國女星茱莉亞・羅柏茲飾演的電影《新娘百分百》（Notting Hill）多了浪漫色

＊派丁頓認真畫畫的樣子。

彩，吸引更多年輕人前來。這條長街市集，最早以骨董聞名，後來發展為綜合的跳蚤市集，二手飾品、異國手工藝品、紀念品、蔬果花卉統統都有，週末營業期間整條街就像一條鑽洞的人龍。

在「一」書裡提到，派丁頓經常到市場裡購物，他很會挑水果，總會摸摸看水果的軟硬度，而且都能買到好價錢。派丁頓人緣好，市場裡的人都認得。其中，派丁頓最好的朋友古魯伯先生就是一名骨董商。古魯伯先生常和派丁頓一起享用午餐前的茶點：一個小圓麵包配上一杯可可亞，就是派丁頓最享受的事了。用茶時，古魯伯先生會跟派丁頓分享趣事，古魯伯有一回買了一幅畫回來後，在清洗畫時發現表面的畫之下還有另一幅珍貴的畫。派丁頓聽完這事之後回到家裡，看到布朗先生畫好一幅正準備拿去參賽的畫，也立刻想要清洗上層的畫，好

看看下一層有沒有藏有「大師」作品。不料，洗完畫布一片空白，派丁頓看著白布，乾脆自己當起大師揮毫彩筆。布朗先生在不知情的情況下，把畫拿去參賽。當他在會場看到了「自己的畫」時，可嚇壞了。派丁頓以為自己又闖了大禍，沒想到，那幅沒人看懂的抽象畫反倒贏得大獎，弄拙成巧！

＊到市集走一趟街頭街尾，吃喝玩樂琴棋書畫都齊全了。仔細找找，在玩具、插畫書報、紀念小品等攤子上，還藏有不少派丁頓的身影！

派丁頓車站 （Paddington Station）

146 Praed Street, W2 1EE（希爾頓飯店的
住址），車站位於倫敦西北方，剛好位在地鐵黃
線Circle Line 的左上角。

倫敦地鐵地圖下載：

http://www.tfl.gov.uk/tfl/tube_map.shtml

波特貝羅市集 （Portobello Market）

就在波特貝羅整條路上。鄰近地鐵有二，一
為Notting Hill Gate，距離派丁頓車站只有兩
站，是黃線Circle Line跟橘線Central Line 的交接站。二為
Ladbroke Grove，位在粉紅線Hammersmith & City Lines
上。一般店面商店一週營業六天，但路邊市集則在星期六
才有。建議星期六前往。

市集網站：http://www.portobelloroad.co.uk/

圖片引用：圖1,2 引自 Micael Pond, *A Bear Called Paddington*（Young Lions）
第9及75頁。

倫敦車站的派丁頓熊

Variations of Children's Books

童書變奏曲

童書離開墨水紙頁，
在大眾媒體裡找到破除疆界的密碼，
成人與兒童的界線消弭了，
世界更為寬廣，
童書不再只是童書！

BBC Big Read

2003年BBC的Big Read「大閱讀」活動，在英國獲得熱烈迴響，參與者不分大人小孩男女老幼，書目不分英國出版的書或作者，票選時間長達九個月，分三階段進行，是一項非常成功的全民文化運動。在最後階段，BBC製作一系列精緻的專輯節目深入介紹作品作者，不但創下高收視率佳績，也讓讀者更能審慎地投下最後一票，選出心目中最好的小說。那期間，無論走到哪裡總是聽到大家談論著節目、選單與結果，狂熱的書蟲陷入意見分歧的筆戰，溫和的書蟲則各自護主幫忙拉票。有人大膽挑戰經典文學的價值：「《小熊維尼》這本老掉牙的童書，壽命怎麼可以這麼長的，我真不懂大家為什麼要唸這個破銅爛鐵。」也有人卡在經典與現代、成人與兒童之間動彈不得，發出求救：「天啊！我愛《簡愛》，也愛普爾曼的《黑暗元素》，有誰幫幫忙，告訴我要投給誰？」

　　活動從四月開始，BBC公布二百本選單，由將近十四萬人票選出前一百本英國人最喜愛的文學作品，該榜單裡有七十一本奇幻作品，三十本童書。十月公布票選的前二十一名的名單，其中有六本童書。接著，再於二十一本當中，讓觀眾選出他們心目中最無可取代的小說。十二月票選結果出

爐，《魔戒》一路拔得頭籌，順利奪冠。而其他五本童書則
分別為《黑暗元素》三部曲（名次3）、《哈利波特》（5）、
《小熊維尼》（7）、《獅子・女巫・魔衣櫥》（9）、《柳林風
聲》（16）。從資料中可以歸納出幾個現象：童書在每個階段
中，都佔了所有作品將近三分之一。而且，不管是成人或兒
童文學的選單中，經典文學皆占了三分之二。再者，在決選
的二十一本名單中，有六本童書，全部都是奇幻或童話作
品。

童書全球化

　　的確，這一場大動員的票選證明了兒童文學的威力、經
典文學的優勢和兒童奇幻文學的所向無敵。但別忘了，媒體
傳播的幕後推手恐怕才是票選的特效藥，有人就質疑這次票
選較勁的是作品的傳媒性，若該書有改編成電視劇、電影、
卡通等作品，知名度越高名次也就越高。《魔戒》、《哈利
波特》的電影
正逢熱銷期，
書籍自然獲得
聚光效果，票
選者也許沒讀
過書本，卻因
為看了電影而
投給原著一
票。然而，這

＊電影《霍爾的移動城堡》（HarperTrophy，2001）與
　《麻雀變公主》（Pan，2003）的原著。

樣的票選結果還是帶來不少省思與商機，童書已成大器，童書市場更加活絡，多媒體廠商也因此更堅定投資童書市場的意願。端看這幾年的電影，童書改編的作品都成為炙熱之選，如《哈利波特》、《魔戒》、《波特萊爾大遇險》、《魔法靈貓》、《麻雀變公主》、《史瑞克》、《霍爾的移動城堡》、即將上映的《巧克力工廠的秘密》、《獅子‧女巫‧魔衣櫥》等，不管在材料或是演員上都是跨國合作的大製作。買票進場的觀眾，大人絕對多於兒童。可以說，藝術媒體的加入，讓童書達到全球化的效果，國籍、語言、年齡的疆界都消弭了。

英國童書的強勢，也可以在幾個成人文學大獎看到成果。21世紀以來，幾部童書獲選為大獎決選或提名名單，屢次挑戰主辦單位對獎項的定位。一些閱讀年齡層高一點的童書以「跨界之作」的新稱謂，開始獲得成人文學的認同。普爾曼以《黑暗元素》獲得2001年英國惠特布雷德獎項「年度最佳好書獎」，成為首位獲得該獎的童書作家，由此童書正式褪下小家碧玉的穿著，換上金裝要大人刮目相看。兩年後，馬克‧海登的《深夜小狗神秘習題》再度力克其他強勢的成人作家，取得該大獎。兩次評審評語都清楚指出，「黑」與「深」絕非是只給兒童看的作品。這兩本書在獲獎後，出版社也都為了市場區別，在包裝上分為成人版與兒童版，給那些有點拉不下臉的大人貼心的服務，讓他們不用到童書部依舊可以讀到好書。J. K. 羅琳已經幫英國製造一個新世紀的奇蹟了，加上這幾個傑出的童書作家攻破成人文學這道銅牆

之後，現在的英國，當有人說到童書一詞時，沒有懷疑的表情可以收割，反倒是接不完的興奮眼神與嘩啦啦說不停的嘴！

「黑」與「深」這兩部作品在銷售量與大獎項的雙雙保證下，電影版權立刻成為各家爭奪的對象，電影商撿現成，抓住基本觀眾群，書籍銷售也會在電影的加分下又再次衝高，可以說文學出版與商業電影兩相得利。但再回頭看BBC大閱讀的榜單，沒有大銀幕壓倒性的加持，《黑暗元素》與《獅子‧女巫‧魔衣櫥》的成績依舊傲人。所以，童書變奏曲中，電影也許位居領奏之銜，但協奏小兵像是廣播劇、劇院表演、電視劇、卡通等，也都是讓原音重現、使原作能深入民心的原因。英國童書能有這番佳績，是英國整個藝文環境孕育出來的，作家多、作品好、閱讀團體具體推廣、藝文表演團體共鳴，媒體也注重書香傳播，尤其是BBC廣播公司的致力，他們製作的藝文專輯都是愛好者的收藏品。而BBC幾個優質電台節目，定期邀請作家訪談之外，也有專為兒童說書的悠久歷史，發行的童書有聲書由來已久，經典的、現代的、奇幻的、寫實的、幼童的、少年的通通齊全。

劇院

在倫敦，稍微注意一下，就可以發現大大小小的劇院正上演著跟童書有關的作品。有些排場大的，消息一出，演出前幾個月就售罄。不管是新戲如普爾曼的《黑暗元素》，或是改編自經典的《頭髮亂糟糟的彼得》，都是屬於大人自己

看都來不及，別想讓位子給孩子的精彩作品。只是這樣的票，不見得可遇，還難求。趕不上這種五星級盛會也千萬別氣餒，因為英國劇院不光照顧成人，也會排檔期給兒童看。英國劇院多，仔細找相關資訊提前訂票，短短假期也能看到童書改編的好戲。

＊倫敦孔雀劇院（Peacock Theatre）自1998年聖誕節推出《雪人》音樂劇之後，每年定期演出，是孩子的歡樂天堂，尤其當樂隊演奏迷人主曲Walking in the Air，舞台上的雪人和小男孩騰空飛起時，整場孩子驚訝呼嘆連連。《雪人》改編自雷蒙‧布雷格（Raymond Briggs）的圖畫故事書。

＊普爾曼的《黑暗元素》在國家劇院造成轟動後，倫敦的皇家歌劇院（The Royal Opera House）不落人後，立刻在2004年3月以歌劇為形式推出普爾曼另一作品《發條鐘》（左圖）。右圖為《發條鐘》中文版（繆思出版）。

⊕ 《黑暗元素》

　　2003年底，國家劇院大排場地上演《黑暗元素》時，是倫敦藝界一大盛事，劇本編導由國家劇院院長尼可拉斯・海納（Nicholas Hytner）親自操刀，分上下兩場演出，首推場次從2003年12月底到2004年3月的票，幾天內便銷售一空，還有不少美國書迷搭機來看戲。在觀眾聲聲催促下，國家劇院於2005年再度排出四個月的檔期續演，依舊一票難求。我在2003年趁大家都回家過節的非常時刻，在聖誕夜前夕搶得一票，其視聽饗宴至今仍讓我回味無窮。三十個演員在人、動物、鬼、神之間瞬變，撐出普爾曼的磅礡劇情，一場超過三小時的表演，都維持在沸點上滾燙著觀眾情緒。我尤其對演員操偶扮演精靈與武裝熊，來突破人體侷限的表演方式，感到驚奇興奮。專門負

＊《黑暗元素》上映期間，整個國家劇院為它盛裝打扮，裡裡外外都是相關看板。

責英國國家劇院的舞台表演公司Stagework，在網站上以影片方式翔實記錄這齣大戲包括製偶、服裝、舞台道具、排演等表演的前製工作，向隅的影迷也可以上網觀看：http://www.stage-work.org.uk。

⊕頭髮亂糟糟的彼得

(Shockheaded Peter: A Junk Opera)

《頭髮亂糟糟的彼得》是改編自1845年出版的德國繪本先鋒 *Struwwelpeter*。這本書在兒童文學史上是歐洲圖畫故事書的源頭之一。英國在1990年代晚期，首次將它改編成音樂劇，其現場走唱的音樂演奏與多重型態的戲劇表演，造成轟動，兩次獲選戲劇界Olivier的最佳娛樂獎項，各大報直嚷是部非看不可的戲。演唱的主要成員虎百合因此受邀到世界各地去巡迴表演。2004年4月倫敦Hammersmith的Lyrics劇場排出十八天的演

出,也是場場爆滿一票難求。我還是每天打電話等待有人退票才有幸入場親聞。劇情十分忠於原著,令人訝異。書裡的短篇故事有些很邪惡病態,但每個短篇的表演方式都不同,有操偶、有真人演出,喜劇化卻不擅自竄改,把這個黑色喜劇處理得實在惹人捧腹。虎百合三人

＊*Struwwelpeter*封面。(Belitha Press,1997)

＊虎百合出版的《頭髮亂糟糟的彼得》原聲帶。

樂團是靈魂人物,音樂詞曲的編排相當天才超妙,主唱者以小丑說唱的演奏方式將該書的故事都唱了進去。該官方網站也有提供一些精彩的短片:

http://www.shockheadedpeter.com

⊕ 波卡兒童劇院 (Polka Theatre)

倫敦以網球著稱的溫布頓,還有一項傲人之處,那就是有間全英國唯一兒童專屬的波卡劇院,劇院常態上演改編兒童文學的作品,古典如E.B. White的《小老鼠司徒特》、王爾德的

《自私的巨人》，當代如約
翰‧伯明罕的《雲上的小
孩》、朱利亞‧當諾森的
《布魯菲洛》、賈桂林‧威
爾森的《壞女孩》等。劇
院除了多齣戲碼同時演出
呈現穩定的常態經營，也
提供學校團體很多相關戲
劇 活 動 的 支 援 。
http://www.polkatheatre.com/

　　波卡劇院有自己的劇
團，也常邀請外來劇團表
演，我在波卡看的第一場
戲是《我的阿力叔叔》（My Uncle Arly）
便是一個巡迴英國的劇團。該劇將英
國名家愛德華‧李爾（Edward Lear）
的胡話詩串成一個探險的旅遊故事。
李爾和路易斯‧卡羅的胡話詩是英國
人引以為豪的文化遺產之一，他們倆
在十九世紀創造了胡話詩的高峰。

電影《哈利波特》

　　進入BBC大閱讀決選的六本童書中，兩部當代作品《黑
暗元素》、《哈利波特》名列前茅，鎂光燈打不到托爾金跟

珍・奧斯汀等已故作家，只好追著普爾曼和羅琳跑，讓這兩位當今的作家忙翻了。「哈」雖然名落於「黑」，但因為電影效應，「哈」的「書迷考古旅遊」潮更甚排名第三的「黑」。只是作者J. K. 羅琳還年輕，沒有所謂的故居與博物館，讓書迷無從朝拜。BBC電視台為順應風潮，硬是做出一集J. K. 羅琳之旅，搜尋她過去的足跡，包括她小時候住的村莊、屋子、學校，還有她結婚後移居愛丁堡、筆耕「哈」的尼可森咖啡館（Nicolson's）、書中的國王十字車站等地。但房屋早已易主、村莊跟「哈」一書沒多少關連，而唯一的尼可森咖啡館也在2003年底改建成中國餐廳，書迷頓失精神標的，轉而尋求電影裡曾經入境的一些重要場景，像是電影霍格華茲學校的拍攝場景，位在英格蘭東北的安維克城堡（Alnwick Castle），或是倫敦的國王十字車站、牛津的基督教堂學院、劍橋的聖約翰學院等等。

⊕英國風景畫大師透納
（J. M. W. Turner，1775~1851）

透納以地景畫為英國作傳，其中不少是英國古城堡。倫敦泰德（Tate Museum）所珍藏的他的眾多畫作，是英國藝術界向國際間展現英國精神的國寶級作品。安維克城堡在月盤前的闊邃與神

＊透納於1828年完成的安維克城堡，水彩畫。

秘，竟能映在一張48cm×28cm的水彩紙上。

倫敦國王車站

＊羅琳對國王十字車站有份迷情，因為她的父母就是在這裡相遇相識的。有鑑於大小書迷
不斷來到車站找尋哈利波特上學的密門，車站索性在月台走廊間一處磚門上標上九又四
分之三月台，讓書迷攝影留念。2005年，車站又在牆上增設半個推車，好讓書迷可以
拍出瞬間穿越時空的照片。

劍橋大學

＊英國必遊的浪漫之地劍橋，有躲在學院大門後的盎然中庭可探（左上圖），也有康河旁巍峨的建築可遊（右上圖）。其中，外形酷似城堡的聖約翰學院（St John's College，左下圖）也在《哈利波特》電影裡出現，哈利就飛行在爬滿藤蔓的聖約翰後院間（右下圖）。

牛津基督教堂學院

＊牛津基督教堂學院的餐廳艷麗輝煌，成為《哈利波特》電影裡霍茲華斯餐廳的拍攝場景，又幫基督教堂學院添上另一筆童趣。一百多年前，《愛麗絲夢遊仙境》的作者道吉森不僅在此用餐過數千次，餐廳裡還可以找到愛麗絲與動物的畫像，壁爐薪架也是銅製的長脖子愛麗絲模樣。

魔戒遇上魔衣櫥

在〈倫敦車站的派丁頓熊〉該篇提過，二次世界大戰當希特勒下令攻打英國時，英國將城市孩子疏散到郊區的歷史。當時在牛津的路易斯，也曾收留幾個疏散的孩子。其中有個小女孩就問了路易斯，她可不可以爬進衣櫥裡去，還天真地問路易斯說：「你想，有沒有東西藏在這衣櫥後面呢？」這段與孩子近距離相處的時光，為納尼亞王國播下了種子，也開啟了路易斯奇幻文學的寫作。十年後，也就是1950年出版的《獅子‧女巫‧魔衣櫥》故事一開始提到的四個孩子因為戰爭被疏散到鄉間的一個老教授家，就是蛻變自那段時空際遇。（見233頁）

英國文學界喜歡把托爾金的《魔戒》與路易斯的《納尼亞魔法王國》做比較。不可否認的，《魔戒》史詩般的壯闊在語言、史料等各方面的嚴謹，仍勝《納尼亞魔法王國》多籌。但硬要把這兩部作品相比，是不公平的。畢竟兩人寫作的立意不同，讀者年齡層也不同。會被多次相提並論，多半是因為這兩個人在牛津是好友，兩人在寫這兩部系列時互有討論切磋外，還是因為作品傳達的宗教哲學觀。

似如托爾金的中土世界，路易斯也創造出另一個別有寓意的時空「納尼亞王國」。托爾金注入故事那股理所當然的磅礡史脈，把中土世界的境界捧得高高在上，納尼亞則更貼近孩子，多了幾分能瞬間轉換現實與奇幻兩個空間的「奇妙魔幻」。小女孩露西因為好玩躲進大衣櫥裡，沒一會兒，露西在衣櫥裡探不到櫥壁，原本摸到的柔軟大衣，卻瞬間變成尖刺

童書變奏曲

的樹枝，櫥內的溫暖也被冰涼的寒氣給融化了，露西就這麼進入了冰雪覆蓋、一片死寂的納尼亞王國。

因為路易斯本身是個虔誠的基督徒，他除了教學也積極參與傳福音的工作，寫了好幾本宣揚基督教的書籍。讀者也因此喜歡把納尼亞王國裡的蛛絲馬跡跟聖經扯上關係，其中當然或褒或貶。對聖經故事稍有瞭解的人，不難看出其中雷同之處，尤其是納尼亞王國裡的那頭獅子亞斯藍，為了救象徵背叛真理的罪人愛德蒙而犧牲自己，又再度復活後講了「若是有一名無辜的犧牲者，自願代替叛徒而死，那麼『石桌』就會宣告破裂，而死去的生命也將重新復活。」這一段話更使得亞斯藍對號入座，自比耶穌。而其他類比：諸如女巫象徵撒旦、納尼亞象徵伊甸樂園、納尼亞的毀滅與再生則有如聖經裡預言的地球的命運。

嚴格如托爾金，就直指老弟路易斯傳教的意圖太過明顯。不過，路易斯也毫不為意地為自己辯解，說自己不是為了傳教寫這部作品，只是喜歡寫另一個世界的故事，喜歡撰寫冒險題材。托爾金也明白路易斯這樣一個作家，不可能寫出一個背離自己信仰的

* 英國童書作家戰績輝煌，始於維多利亞的黃金時代，二十一世紀的他們不被邊緣化，反而競相獲得皇家加冕的殊榮。左圖為倫敦最熱鬧的牛津廣場上一家正在改裝的連鎖書店水石堂的圍籬看板，暢銷童書作家賈桂林‧威爾森 (Jacqueline Wilson) 位居看板之首。威爾森在台的中譯本有《手提箱小孩》《刺青媽媽》《最好的朋友》等。右圖為《刺青媽媽》（小魯，2004）

作品給孩子看。能看出《獅子‧女巫‧魔衣櫥》有傳教效果，恐怕也是有同樣信仰的明眼人才有的功力。畢竟，一個專門為了傳教而寫的「故事」，是無法引起這麼廣泛的回應的。書裡也沒出現一個「神」字，與其狹隘的說它在傳佈基督教，不如說它傳的是普遍之理：一種具有普遍性的道德觀，也就是，善惡之別。

托爾金用一枚戒指讓白黑兩道狹路相逢，路易斯也用一個衣櫥啟動一場黑白相爭的戰役。說穿了，同是基督教徒的托爾金與路易斯，兩人都試圖以文學之撢，拂去蒙在真理上的塵埃。聖經裡談到「上帝依照神的形象來造人」。托爾金也講了一番有趣的話來比擬：「我們是照著創造者的形象而創作，而我們無從知曉自己的作品將會如何體現真理。它們有可能超越這個世界的藩籬，但輪不到我們來說。」所以話說回來，一部沒有信仰、不相信道德的奇幻之作，只會流為

＊位在Richmond的童書店「獅子和獨腳獸」（The Lion & Unicorn Bookshop），於1977年開店至今，占地雖小，卻是倫敦數一數二的重量級童書店，英國大牌童書作家幾乎都在這裡舉辦過簽書會，書店櫃檯後牆貼滿各作繪者簽名照片。排隊等候作家簽名的大小讀者總是溢出整個街道。http://www.lionunicornbooks.co.uk/

天馬行空的瞎掰胡説，禁不起時空考驗。《魔戒》與《納尼亞魔法王國》的交手是君子過招、各行其道，他們都打開一扇魔窗讓讀者遁入，卻也對著讀者的耳朵輕喚他們的道！

童書永不謝幕

2004年上映的《彼得潘》與隔年《尋找新樂園》把經典兒童故事炒熱之後，2005年的下半年有兩大電影，分別是華納兄弟與華德・迪士尼兩大電影公司的招牌強打，都是改編自英國的經典童書：羅・達爾的《巧克力工廠的秘密》（電影片名為《巧克力冒險工廠》）與路易斯的《納尼亞魔法王國——獅子・女巫・魔衣櫥》。這兩本書都早已發行過影片版了，21世紀再度被大片商重做，也都未演先轟動，轟動的原因絕非演員刻意製造的八卦宣傳，而是書迷影迷自動自發的忠誠擁戴，讓兩部電影在該年初便獲得各電影團體「最被期待」「最有看頭」等頭銜。

除了前面談到的作品，大家耳熟能詳的幾部賣座片《窈窕奶爸》、《我不笨，所以我有話説》、《一家之鼠》等也都是改編自英美童書。這些年，童書電影改編自長篇小説的慣例也被打破了，現在連圖畫書也能打動製片商，站上大銀幕，像是《史瑞克》、《鬼靈精》、《野蠻遊戲》、《北極特快車》等

※左：《巧克力工廠的秘密》由才剛飾演過《彼得潘》作者巴里的好萊塢男星強尼・戴普，飾演巧克力工廠廠長旺卡。強尼・戴普似乎跟童書很有緣份。
右：由昆丁・布雷克插畫的原著。

都是五十頁不到的書改編來的，本本變強片。

接著，可以預期的幾部大片《黑暗元素》、《深夜小狗神秘習題》、大衛·威斯納的《豬頭三兄弟》、向達倫的《向達倫大冒險》，還有最近崛起的童書作家尼爾·

＊電影《納尼亞魔法王國——獅子·女巫·魔衣櫥》，被視為2005年華德·迪士尼的大作，將於聖誕節上映。

蓋曼（Neil Gaiman）的幾部熱門之作《可洛琳》（Coraline）、《星層》（Stardust），與泰瑞·普萊契（Terry Pratchett）的《地精三部曲》（The Bromeliad Trilogy）等都讓書迷等著買票進場。只能說，童書電影說不完，舊童書可一拍再拍，新童書又不斷出爐。童書離開墨水紙頁，在大眾媒體裡找到破除疆界的密碼，成人與兒童的界線消弭了，世界更為寬廣，童書也不只是童書。不過，千萬別忘記，這些電影再怎麼賣座也都有落幕的時後，而他們的原著卻不會謝幕，永遠在書架上等著人們摘下！

＊這兩本書都已改編成影片，分別是1971年的《威利·旺卡與巧克力工廠》（左圖），以及1988年由BBC製作的電影式影集《納尼亞春秋》（右圖）。

童書變奏曲

圖片引用：圖1 引自《巧克力冒險工廠》電影的官方網站。
　　　　　圖2 引自《納尼亞魔法王國——獅子·女巫·魔衣櫥》電影的官方網站。

■ 拉雅德・吉卜林著，謝瑤玲譯。《小吉姆的追尋》。台北：天衛 1994

■ 拉雅德・吉卜林著，游紫玲譯。《原來如此的故事》。台北：星月 1998

■ 魯迪亞德・吉卜林著，陳榮東等譯。《叢林之子》。台北：國際少年村 1998

■ 拉雅德・吉卜林著，姜恩妮改寫。《勇敢船長》。台北：大衛 2002

■ 法蘭西絲・霍森・柏納著，柔之譯。《秘密花園》。台北：小知堂 2001

■ 王爾德著，巴金譯。《童話與散文詩》。台北：東華 1997

■ 詹姆斯・巴里著，梁實秋譯。《潘彼得》。台北：九歌 2001

■ 達爾著，任以奇譯。《女巫》。台北：志文 1995

■ 達爾著，冷杉譯。《怪桃歷險記》。台北：志文 1995

■ 達爾著，冷杉譯。《玻璃大升降機歷險記》。台北：志文 2004

■ 達爾著，冷杉譯。《喬治的神奇魔藥》。台北：志文 2000

■ 達爾著，齊霞飛譯。《吹夢巨人》。台北：志文 2000

■ 羅爾得・達爾著，昆丁・布雷克圖。《男孩，我的童年往事》。台北：幼獅 1998

■ 羅爾得・達爾著，昆丁・布雷克圖，趙映雪譯。《單飛：人在天涯》。台北：幼獅 2000

■ 米恩著，謝培德圖。《小熊維尼》。台北：聯經 2001

■ 米恩著，謝培德圖。《小熊維尼和老灰驢的家》。台北：聯經 2001

■ 路易斯・凱洛著，海倫・奧森貝里圖，趙元任譯。《愛麗絲漫遊奇境》。台北：經典傳訊 2000

■ 路易士・卡羅著，陸瑩譯。《愛麗絲鏡中奇遇》。台北：國際少年村 1995

■ C. S. 路易斯著，彭倩文譯。《納尼亞魔法王國》。台北：大田 2002

■ 麥可・懷特著，莊安祺譯。《托爾金傳》。台北：聯經 2002

■ 約翰・鄧肯著，顧瓊華譯。《路益師的奇幻世界》。台北：雅歌 2003

■ 馬丁・費多著，殷禮明譯，梁實秋主編。《吉卜齡》。台北：名人 1982

- 維維安·賀蘭著，李芬芳譯。《王爾德》。台北：貓頭鷹 1999
- 芭芭拉·貝爾弗德著，謝明學譯。《王爾德的愛與死》。台北：高宜 2004
- Pond, Michael. Ilu. by Peggy, Fortnum. *A Bear Called Paddington*. London: Young Lions, 1998
- Dahl, Roald. Ilu. by Blake, Quentin. *Stories of Roald Dahl*. London: Penguin, 2001
- Potter, Beatrix. *The World of Peter Rabbit*. London: Frederick Warne, 1995
- Milne, A. A. Ilu. by Shepard, Ernest H. *A. A. Milne's Classic Quartet*. NY: Penguin, 1992
- Stoffel, Stephanie Lovett. *Lewis Carroll and Alice*. London: Thames and Hudson, 1997
- Carroll, Lewis. *Alice's Adventure Under Ground*. London: Chrysalis, 2003
- Nicoson, Adam. *Bateman's*. UK: National Trust, 1996
- Sibley, Brian. *Three Cheers for Pooh, London-A Celebration of the Best Bear in All the Word*. NY: Methuen, 2001
- Bjork, Christina. *The Other Alice-The Story of Alice Liddell and Alice in Wonderland*. London: R&S, 1993
- Bingham, Derick. *C.S. Lewis: A Shiver of Wonder*. USA: Ambassador Group, 2004
- Treglown, Jeremy. *Road Dahl- A Biography*. NY: Farrar-Straus-Giroux, 1994
- Hunt, Peter. *Children's Literature*. Oxford: Backwell, 2001
- Holland, Vyvyan. *Son of Oscar Wilde*. Oxford: Oxford UP, 1988.
- Zipes, Jack. *Fairy Tales and the Art of Subversion*. New York: Methuen, 1983.
- Blake, Quentin. *Words And Pictures*. London: Jonathan, 2000
- Taylor, Judy. etc. *Beatrix Potter 1866-1943*. London: Frederick Warne & National Trust, 1995
- Meyer, Susan E. *A Treasure of the Great Children's Book Illustrators*. NY: Harry N. Abrams, 1997

Corner少年遊系列 ⑤⑪

掉進兔子·洞——英倫童書地圖

作　　　者—幸佳慧
主　　　編—葉美瑤
編　　　輯—邱淑鈴
董 事 長
　　　　　—孫思照
發 行 人
總 經 理—莫昭平
總 編 輯—林馨琴
出 版 者—時報文化出版企業股份有限公司
　　　　　108台北市和平西路三段二四〇號三樓
　　　　　發行專線—（〇二）二三〇六—六八四二
　　　　　讀者服務專線—〇八〇〇—二三一一七〇五·（〇二）二三〇四—七一〇三
　　　　　讀者服務傳真—（〇二）二三〇四—六八五八
　　　　　郵撥——九三四四七二四時報文化出版公司
　　　　　信箱—台北郵政七九～九九信箱
時報悅讀網—http://www.readingtimes.com.tw
電子郵件信箱—liter@readingtimes.com.tw
封面創意—王偉正
美術編輯—高鶴倫
企　　　劃—陳靜宜
校　　　對—幸佳慧、邱淑鈴
印　　　刷—詠豐印刷有限公司
初版一刷—二〇〇五年七月二十五日
定　　　價—新台幣二八〇元

國家圖書館出版品預行編目資料

掉進兔子洞：英倫童書地圖 / 幸佳慧著. --
　初版. -- 臺北市：時報文化, 2005[民94]
　面；　公分. -- (Corner少年遊；511)

　ISBN 957-13-4344-7(平裝)
　1. 英國文學 - 傳記

784.12　　　　　　　　　94012874

本書第 8,11,45,48,72,92, 99,114,132,
138,166,190, 218, 242頁由幸佳慧繪圖
本書內頁攝影 / 幸佳慧

ISBN 957-13-4344-7
Printed in Taiwan